FELICIA,

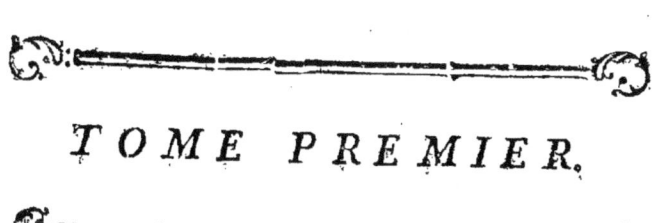

TOME PREMIER.

FÉLICIA

OU

MES FREDAINES,

ORNÉ

de Figures en taille - douce.

La faute en eſt aux Dieux qui me firent
ſi folle.

PREMIERE PARTIE.

A LONDRES.

Voici, mon très-cher Ouvrage,
Tout ce qui t'arrivera ;
Tu ne vaux rien, c'eft dommage ;
N'importe, on t'achetera.

Jufqu'au bout avec courage on te lira ;
La plus catin, c'eft l'ufage,
Au feu te condamnera ;
Mais la plus fage rira.

FÉLICIA,

OU

MES FREDAINES.

PREMIERE PARTIE.

CHAPITRE PREMIER.

Échantillon de la Pièce.

QUOI ! c'est tout de bon, (me disait il y a quelque temps un de mes anciens favoris) ; Vous écrivez vos aventures, & vous vous proposez de les publier ? --- Hélas ! oui,

I. Part. A

mon cher, cela m'a pris tout-d'un-coup, comme bien d'autres vertiges; & vous savez que je ne m'amuse guères à me contrarier. Il faut tout dire, je ne me prie jamais que de choses qui me font plaisir. --- Vous en avez donc beaucoup à composer votre roman? --- Beaucoup. Je vois passer & repasser mes folies en parade, avec la satisfaction d'un nouveau colonel qui fait défiler son régiment un jour de revue ; ou, si vous voulez, d'un vieil avare qui compte & pèse les espèces d'un remboursement dont il vient de donner quittance. --- C'est beaucoup dire : mais entre nous, quel est votre but en écrivant ? --- De m'amuser --- & de scandaliser l'univers ! --- Les gens trop susceptibles n'auront qu'à ne pas me lire. --- Ils y seront forcés, car votre petite vie.... --- Courage, Monsieur, dites-moi des injures.... Mais vous avez beau me blâmer, je veux griffonner, & si vous me mettez de mauvaise hu-

meur.... --- Oh , oh ! des mena-
ces ! Et que me ferez-vous ? --- Un
petit présent : c'est à vous que je
dédierai mon livre : à vous ; bien
entendu qu'il y aura au frontispice ,
en toutes lettres , votre nom & vos
qualités. --- Le tour serait noir....
Mais je me rétracte , belle Félicia.
Oui , j'avais tort. Il est bien mal-
adroit à moi de n'avoir pas senti
d'abord toute l'utilité d'un ouvrage
tel que celui dont vous vous occu-
pez. --- A la bonne heure : présen-
tement je suis contente de vous.
Et je puis me flatter que vous voudrez
bien dédier à quelqu'autre ? .... ---

SA frayeur était amusante : il me
vint une idée qui me fit rire de bon
cœur. Le rire est contagieux pour
tout le monde ; les larmes le sont
pour les femmes en particulier.
Mon Marquis (c'en était un) rit
donc avec moi sans savoir encore à
quoi je devais mes joyeuses convul-
sions : il fallut ensuite le lui ap-

prendre. Je pensais (lui dis-je),
que si j'étais dans le cas d'user de
ressources, pour ne pas manquer
de.... vous m'entendez, il y aurait moyen de rançonner tous les
hommes de ma connaissance, en les
menaçant, comme vous, d'une dédi-
cace. Pour en être à-l'abri, l'un
serait taxé à dix corvées, l'autre à
vingt, tel à plus, tel à moins,
selon mon caprice ou les facultés
de chacun. Ce serait, comme tout-
à-l'heure avec vous, à qui ne serait
pas le Mécène de mon ouvrage.
Heim ! vous sentez où cela va ?
Qu'en pensez-vous ? Ne ferais-je pas
une belle récolte ? --- La spécula-
tion est admirable. Les pauvres
gens ! Je vous connais, vous ne
manquerez pas d'exécuter l'heureux
projet dont votre imagination vient
d'accoucher. Nous serons tous ran-
connés. --- En serez-vous fâché,
Marquis ? Bien au-contraire : &,
pour vous le prouver, je vais me
racheter sur-le-champ.... Il le

fit. --- Mais (lui dis-je ensuite) ne voyez-vous pas , mon cher , que , pour que mon idée bisarre pût me devenir bonne à quelque chose , il faudrait que je ne fusse plus ni jeune ni belle ; car maintenant , dieu-merci , je n'en suis pas encore à prendre les gens au collet ? --- Il s'en faut tout. --- Eh bien donc ! si j'étais vieille & laide , ceux à qui je serais dans le cas de dédier au-raient aussi vieilli , & je n'aurais plus à tirer que sur des infirmes la plupart insolvables. --- En - éfet. Et à qui dédierez-vous donc ? --- A la galante jeunesse , aux amateurs des folies dont vous me connaissez l'amour ; & je recevrai tous les hommages de reconnaissance qu'on voudra bien m'offrir. --- De mieux en mieux ! Voilà ce qui s'apelle aller au solide. Dans ce cas , je retiens un exemplaire ; & vous allez trouver bon que je dépose un à-compte du prix de ma souscrip-tion. --- Il le fit.

COMBIEN d'Auteurs envièront mon sort ! On me paie davance, & les pauvres diables ont, les trois quarts du temps, bien de la peine à retirer quelque faible rétribution de leurs ouvrages, après y avoir mis la derniere main.

CHAPITRE II.

Qui dit beaucoup en peu de mots.

LES Romans ont coutume de débuter par les portraits de leurs héros. Comme malgré la fincérité avec laquelle je me propose d'écrire, ceci ne laissera pas d'avoir l'air d'un Roman, je me conforme à l'usage, & vais donner aux lecteurs une idée de ma personne.

TROP modeste pour dire de moi-même un bien infini, je laisse par-

ler à ma place ceux qui me connaissent , qui m'adorent & ne cessent
de me louer. Tous s'accordent à me
juger la plus belle & la plus jolie
femme de mon siècle. Cependant ,
il peut y avoir de la prévention de
leur part. Je consens d'égaler ; mais
je ne veux surpasser personne. Au-
reste , il est prouvé que des traits
aussi réguliers que les miens & aussi
gracieux en même-temps , sont la
chose du monde la plus rare ; que
j'ai seule la taille *svelte* d'une belle
Anglaise , toutes les graces d'une
jolie Française , le maintien noble
d'une Princesse Espagnole , & les
allures agaçantes d'une beauté de
Florence , ou de Naples. On sait
que mes yeux grands & noirs ont
un charme puissant qui enivre d'a-
mour les hommes les plus froids , &
captive les plus volages. On connaît mes cheveux , uniques pour la
longueur , la couleur & la quan-
tité ; mon teint , ma fraîcheur , ne
se décrivent pas. On admire mes

dents qui sont du plus bel émail, merveilleusement rangées ; mais on redoute leurs morsures incurables. Les connaisseurs les plus difficiles prétendent que c'est tout-au-plus si la robuste Jeanne, de belliqueuse & chaste mémoire, avait la gorge aussi ferme que moi , & si la tendre Sorel l'avait aussi blanche ; tout le reste à - proportion tout au-moins. Cependant je ne pense pas à m'énor-gueillir de ces rares avantages , simples éfets d'un hasard heureux. Je serai peut-être fondée à tirer plus de vanité de beaucoup d'autres perfec-tions que je ne dois qu'à moi-même. Par exemple , je peins très-bien ; je joue de plusieurs instrumens ; je chante à ravir ; je danse comme une grace ; je monte à cheval à étonner , & je manque rarement une perdrix au vol. Mais est-ce encore à ces ta-lens que je dois mon bonheur ? . . . . Il en est un dans lequel la nature perfectionnée par l'art.... chut, j'al-lais presque dire une sottise.

CHAPITRE III.

Préliminaires indispensables.

VÉNUS naquit de l'écume des flots : moi, qui ressemble beaucoup à cette Déesse par les charmes & les inclinations, je suis aussi née en plein Océan. Mais mes premiers instans ne furent point un triomphe. Ma mere accoucha de moi sur un monceau de morts & de mourans, parmi les horreurs d'un combat naval. Nous devinmes la proie d'un vainqueur, qui, dès que nous eûmes pris terre en France, m'arracha du sein maternel, pour me livrer à l'infortune dans une de ces maisons cruellement charitables où l'on reçoit les fruits anonymes de l'amour. Il importe peu de savoir le nom du lieu qui vit élever mon enfance ; je fais même grace de douze années,

pires que le néant, pendant lesquelles je reçus une éducation su-
perstitieuse (qui par bonheur n'al-
téra point le bon sens dont la nature
m'avait fait don). Ennui perpétuel,
dépendance humiliante , travail
grossier , auquel ma délicatesse ne
s'accoutumait point ; telles étaient
alors mes disgraces. Cependant j'em-
bellissais à vue d'œil , en-dépit d'un
séjour mal-sain , & d'une très-mau-
vaise nouriture.

Quoique naturellement inacces-
sible à la mélancolie ; je commen-
çais néanmoins à trouver cette existence insuportable , lorsque l'événement le plus heureux me procura
tout-à-coup la liberté. Voici comment.

Un jeune homme aimable , issu
d'honnêtes bourgeois , & éperdu-
ment amoureux de la fille d'un nouvel anobli , s'était fait aimer d'elle
avec la même passion ; il en résul-

tait un enfant. Ce moyen , auquel les amans ont assez souvent recours quand ils craignent des obstacles de la part des familles , réussit mal à ceux-ci. Ils avaient affaire à des gens bisarres , hautains , dévots , qui ne convinrent point ensemble de la nécessité de les marier. On mit la fille au couvent : le galant au désespoir s'enfuit , erra , se fixa enfin à Rome , où cultivant avec succès d'heureuses dispositions , il devint en peu de temps un habile peintre. On lui avait mandé que son amie était morte en couches. En-éfet elle en avait eu de très-dangereuses , & ses parens avaient exprès répandu le bruit de sa mort : mais elle s'était tirée d'affaire , conservant , pour toutes suites , la commode imperfection de ne pouvoir plus donner la vie.

CEPENDANT les pere & mere de la demoiselle *moururent* , *& bientôt un grand benêt de fils* , seul soutien de

leur nouvelle noblesse , eut la com-
plaisance de les suivre au monument.
La récluse , qui s'était courageusement défendue d'entrer en religion ,
devint héritiere universelle , & re-
parut dans le monde. Le sort était
las de la persécuter : il lui rendit
presqu'en même-temps son amant ,
qu'elle croyait perdu pour elle à-
jamais , ou peut-être mort. Ils se
revirent avec transport & s'épou-
serent. Il ne manquoit plus à leur
bonheur que de retrouver le tendre
fruit de leur amour. Il avait été
conduit dès sa naissance au même
hôpital que moi ; mais quand ils
vinrent l'y réclamer , il ne vivoit
plus. Ils me virent par hasard ; ma
beauté les intéressa. Je leur fis pitié ;
ils me demanderent pour leur tenir
lieu de cet enfant , dont la stérilité
assurée de la mere rendait la perte
irréparable. Je ne tenais à rien , on
me relâcha volontiers : je suivis
les nouveaux époux , qui s'atta-
cherent sincérement à moi , & me

devinrent bientôt aussi chers que si
je leur eusse dû la vie.

CHAPITRE IV.

Émigration.

UN Artiste dont les talens peuvent suporter le grand jour , est
déplacé dans une petite ville de province. Un peintre y est l'inférieur ,
non-seulement de M. le Juge , de
M. l'Ecuyer qui vient y passer ses
hivers ; mais aussi du petit bourgeois qui vit de son petit revenu ,
de l'avocat , du notaire , du con-
trôleur des actes & même du pro-
cureur. Il est rangé , en un mot , à
côté du barbouilleur qui met en
couleur les portes & les volets des
édifices , que le maître-maçon du
lieu fait élever sans goût & à grands
frais.

I. Part.   **B**

SYLVINO (c'est le nom que mon oncle adoptif avait pris en Italie, & qu'il eut la singularité de ne point quitter, quoiqu'il fût devenu par son mariage Seigneur d'une fort belle terre ; je dis *mon oncle* parce qu'étant déjà grande pour mon âge, & Sylvino n'ayant que trente ans, sa femme vingt - quatre , ils trouverent que je les vieillissais moins niéce que fille) Sylvino , dis-je , proposa bientôt à sa moitié d'aller fixer leur résidence à Paris. Elle y consentit d'autant plus volontiers que , quoiqu'elle mît beaucoup du sien dans les sociétés , elle ne laissait pas d'essuyer de temps en temps des mortifications auxquelles elle était fort sensible. Par exemple , on se dispensait quelquefois de lui rendre ses visites ; quand elle paraissait quelque part , on affectait d'éloigner les demoiselles ; allait-on la voir , on n'en amenait jamais. Quelquefois on se laissait appercevoir à dessein , après avoir fait dire qu'on

n'était pas au logis. Et tout cela , à
cause de ce maudit enfant fait avant
le mariage , car , dans les petites
villes de Province , l'honneur est
extrêmement délicat : il l'est aux
dépens des connaissances , des graces , des talens , du goût & de la
politesse qui n'y sont pas à beaucoup
près aussi perfectionnés.

On fut prompt à tout disposer
pour notre déplacement. Sylvino ,
quoique peu versé dans les affaires ,
ne laissa pas de donner aux siennes
une forme passable. Nous partîmes ,
regrettant aussi peu nos sots conci-
toyens , que nous pouvions nous-
mêmes en être regrettés.

CHAPITRE V.

Pour lequel je demande grace aux Lec-
teurs qu'il poura ennuyer.

PRESQUE toujours un étranger
qui vient de loin , tout seul , pour
voir Paris & s'en faire une juste
idée en quelques mois de temps ,
soutient , lorsqu'il s'en retourne ,
que cette capitale est un séjour fort
ennuyeux. Je ne persuaderais pas aux
gens de cette espèce que , dès mon
arrivée , tout ce qui s'offrit à ma
vue me plut singuliérement ; que je
m'habituai sans peine , au mouvement , au tumulte ; que les spectacles me ravirent , que les promenades publiques m'auraient paru des
jardins & des palais enchantés , si
j'avais eu pour lors quelques notions
de ces jolies extravagances. Sylvino,
plein de lumières & de goût , &
qui désirait que sa femme en ac-

quit , nous faisait connaître tout ce qu'il y avait d'intéressant dans tous les genres. Il rendait nos courses aussi instructives qu'amusantes , en nous faisant toujours accompagner de différens artistes , dont il avait connu grand nombre en Italie. Nous en voyions beaucoup : eux & leurs femmes furent , pendant quelque-temps , notre unique société. Je dirai , par parenthèse , pour ceux qui peuvent l'ignorer , que les vrais artistes sont , pour la plupart , sociables & bons à voir ; qu'ils vivent , par exemple , incomparablement mieux entr'eux que Messieurs les Auteurs ; qu'au rebours de ceux-ci les Artistes qui ennuient ne le font guères en parlant trop ; qu'ils ont tous du génie , & que , passées par cette filiére , leurs idées sérieuses sont toutes intéressantes ; les bouffonnes , pétillantes & marquées au bon coin.

N'AYANT adopté dans ma solitude

B 3

aucuns préjugés nuisibles au goût qui m'était naturel , je me trouvai propre à tout ce que l'on exigea de moi : j'avais dès lors le bon sens de sentir l'utilité d'une bonne éducation. On me donna des maîtres ; je m'apliquai beaucoup à l'étude de l'Italien , que Sylvino parlait parfaitement, au dessin , à la danse , au clavecin , & sur-tout au chant , talent pour lequel la nature m'avait favorisé des plus brillantes dispositions. Mes progrès rapides enchantaient mes bienfaiteurs : ils ne cessaient de s'aplaudir d'avoir fait un sort à l'aimable *Félicia* (c'est ainsi qu'il leur avait plu de me nommer ; & s'il n'eût tenu qu'à moi , j'aurais conservé toute ma vie un nom dont tout semblait concourir à justifier l'heureuse étymologie).

CHAPITRE VI.

Vérité. Conduite à la mode. Travers du vieux temps.

CHARMANT Amour ! en dépit des Romans , tu n'es pas fait pour rendre continuellement heureux par le même objet. Enfant , tu ne peux jamais devenir homme ; ton destin est de mourir & de renaître. Depuis une infinité de siècles l'expérience prouve que tes feux s'éteignent aussi facilement qu'ils s'allument , & que , si tu étends la durée de ton règne sur certains cœurs , qui paraissent ne point changer , ce n'est qu'à la faveur de l'entêtement , de l'indifférence , souvent de l'ennui , du dégoût , qui te succédent , & à qui tu permets d'usurper ton nom.

C'EST de quoi la sensible Sylvina

ne s'était pas encore douté lors-
quelle avait formé les nœuds du
mariage. On ne doit pas s'en étonner.
Au couvent on peut croire à l'éternelle durée d'une passion. Là cette
chimère vaut encore mieux que rien.
Mais, dans le monde , au sein des
plaisirs, environnée de distractions,
agacée par des hommes aimables,
Sylvina ne tarda pas à reconnaître
qu'il faut quelquefois des éforts
violens pour demeurer fidèle à l'objet qu'on croit adorer. Son mari,
plus au fait de l'humaine faiblesse,
n'avait garde de se roidir contre son
penchant à l'inconstance. Époux de
sa bien-aimée , il put l'adorer quelque-temps sans partage ; mais il lui
avait fait précédemment nombre
d'infidélités ; & le goût de la va-
riété , seulement assoupi dans son
cœur , ne tarda pas à s'y réveiller.
Des amies charmantes , peu capables
de rigueur (à Paris elles ne sont
plus de mode) , des modèles attray-
ans, dont la profession de Sylvino

comportait qu'il vît & méditât les
beautés , allarmerent bientôt la jalouse tendresse de sa petite femme.
Plus d'une fois elle vit trop claire-
ment qu'on lui faisait ce que les gens
à préjugés ont la sottise de nommer
des affronts. Il semblait , au peu de
soin que Sylvino prenait de cacher
ses épisodes , qu'il prît à tâche d'engager son épouse à s'en permettre.
Mais il fallut bien du temps à celle-
ci pour se résoudre à profiter de
cette espèce de conseil ; en voici la
raison : comme il faut toujours aux
ames sensibles quelque chose qui
les occupe , Sylvina , dans son couvent , faute de mieux , était devenue dévote ; & , rendue au monde
malgré l'inclination la plus décidée
pour les plaisirs de toute espèce ,
elle s'occupait encore beaucoup de
son salut : en un mot , elle avait
pris un directeur. Ces sortes de gens
excellent à s'emparer des jolies femmes qui font la sottise de leur accorder un certain dégré de confiance.

Celui de Sylvina était consommé dans l'art de tyranniser au nom de Dieu , & de confisquer tôt ou tard les pénitentes à son profit. Il éloignait celle-ci de tout objet mondain , afin de l'occuper seul , & de profiter du moment heureux où le tempérament devait enfin se révolter & jetter dans les bras d'un corrupteur spirituel celle qui aurait suffisamment détesté tout le reste des hommes. Le drôle voyait bien. Une femme jolie , fraîche , tendre , mécontente d'un mari volage , peu connue , & qui ne faisait point d'enfans ; Sylvina enfin , au point où le sournois se proposait de l'amener ; le friand morceau pour un saint homme !

--- « Prenez bien garde à vous , » ma fille , lui répétait-il sans cesse ; » le monde est rempli d'écueils ; » Paris sur-tout , Paris est la capitale de l'enfer ; une ame pieuse y » est , à chaque pas , exposée aux » embûches du démon ; elles y sont

» cachées sous mille fleurs : méfiez-
» vous de ces amours perfides. . . .
» offrez au Tout-puissant les infidé-
» lités de votre coupable époux. . . .
» que vous êtes belle ! qu'il est
» impardonnable de ne pas sentir
» tout ce que vaut le bien dont il
» est possesseur ! mais a-t-il du
» moins de la religion ? --- Non ,
» par malheur , répondait Sylvina ,
» c'est à Rome même que l'aveugle
» s'est accoutumé à la braver. Il
» méprise toutes pratiques pieuses ,
» & quiconque y est adonné. ---
» L'impie ! L'athée ! (répliquait le
» Caffard) gardez-vous , sous peine
» de damnation , de vous livrer à
» ses caresses ; imaginez des pré-
» textes pour refuser de communi-
» quer avec ce réprouvé. --- Hélas ,
» il est cependant bien dur pour
» moi !.... Je l'aime. --- Et votre
» ame , malheureuse ! »

CHAPITRE VII.

Où l'on fait connaissance avec le Directeur & un ami de Sylvina.

A PARIS une fille de treize à quatorze ans reçoit déja quelques marques d'attention quand elle est jolie. A cet âge, si j'avais eu la clef des propos flatteurs qu'on commençait à me tenir, j'y aurais aisément reconnu l'hommage du désir. Mais, autant j'avais d'intelligence pour ce qu'il me fallait aprendre, autant j'étais bornée rélativement à la galanterie. Me disait-on que l'on m'aimait ? je répondais bonnement que *j'aimais aussi*; mais sans me douter des plus intéressantes acceptions d'*aimer*, ce mot si commun. Bref, je ne savais rien, rien du tout ; & sans des hasards heureux qui m'éclairerent tout-à-coup, j'aurais peut-

être croupi long-temps dans ma dé-
plorable ignorance.

Au bout d'un an, Sylvino fut
obligé de retourner en province
pour quelques affaires d'intérêt.
Nous ne fûmes pas plutôt seules,
que sa femme se mit à vivre tout-à-
fait différemment de ce qu'elle avait
coutume. Plus de spectacles, plus
de promenades, plus de parure.
Elle arbora les grands bonnets, les
fichus épais, les robes sérieuses;
elle s'éloigna peu-à-peu de toutes
les sociétés. Nous ne bougeâmes
plus des églises : comme je m'y en-
nuyais ! Monsieur Béatin, Prêtre,
Docteur & Confesseur de ma tante,
vint d'abord de temps en temps à la
maison; . . . . puis, il vint un peu
plus souvent; . . . . puis, tous les
jours; . . . . puis, il obtint qu'on
renvoyât tout le monde quand il
était là. J'étais aussi de trop; je me
retirais dans une pièce voisine. Cu-
rieuse un-jour de savoir à quoi pou-

1. Part.   **C**

raient s'occuper , avec tant de mystère , ma tante & le modeste Béatin , je vins heureusement à détour-
ner un petit morceau de fer , qui
bouchait de mon côté le trou de la
serrure , & je fus transportée de
voir mes gens aussi distinctement
que si j'eusse été dans la même
chambre.... Mais quelle fut ma
surprise ! Le vénérable Docteur , aux
genoux de sa Pénitente , avait le
teint animé , l'œil étincelant.....
en tout , une physionomie absolument différente de celle que je lui
avais connue jusqu'alors. Je crus
rêver quand je le vis baiser avec
passion une main qu'on lui aban-
donnait , à peu-près volontiers. Il
demandait très-instamment.... je ne
savais pas quoi ; mais sa harangue ,
qui paraissait fort vive , était accompagnée de gestes encore plus pres-
sans ; il glissait une main hardie
sous le fichu... l'autre , encore plus
insolente , se foura brusquement....
plus bas.

« Monstre ! s'écria tout-à-coup
» un homme qui sortit de l'alcove,
» furieux & tirant l'épée, c'est
» pousser trop loin l'infamie, &
» abuser trop indignement de sa
» crédulité. Tu vas périr, scélérat. »

Un éclair de rage partit des yeux
du tartufe ; mais il ne laissa pas de
se contraindre : la belle pénitente
avait déjà perdu l'usage de ses sens.
Le terrible trouble-fête était un
nommé Lambert, sculpteur, intime
ami de Sylvino, courtisan assidu de
ma tante, & l'un de ceux à qui
Béatin faisait défendre la porte le
plus sévérement. Lambert, ce jour-
là, s'était introduit, je ne sais comment, dans la maison. Cependant
l'évanouissement de Sylvina sauvait
le Docteur. Un homme délicat est
plus pressé de secourir sa maîtresse
que de tuer un rival. Mais Lambert,
en donnant des soins à son amie, ne
laissait pas d'enjoindre au traître,
en termes fort cavaliers, de se reti-

C 2

ter au - plus - vîte. Celui-ci voulait disputer la place : alors deux larges souflets, détachés avec vigueur sur ses joues potelées, lui firent sentir la nécessité de ne point oposer ses faibles raisons à qui en avait d'aussi convaincantes.

PENDANT qu'il cherchait sa calotte & ratachait son manteau, je le devançai dans l'escalier, pour jouir à mon aise de sa confusion; mais inutilement : le drôle avait déja repris son masque ; il me salua *bénignement* & avec l'aparence d'autant de sang-froid que s'il ne lui fût rien arrivé.

DE retour à mon cher trou, je vis qu'on disputait vivement. Sylvina pleurait, disait des injures ; Lambert à ses pieds parlait avec émotion, & tâchait de fléchir ce ressentiment injuste. L'entretien fut long, & finit par un faible raccommodement. Lambert obtint à son tour de

baiser une main ; après beaucoup
de sollicitations on voulut bien encore lui présenter les deux joues.
On était ensemble coussi-coussi
quand on se sépara.

CHAPITRE VIII.

Qui tient un-peu du précédent ; mais
qu'on fera bien de lire.

IL faut si peu de chose pour bou-
leverser une jeune tête , que je ne
pus fermer l'œil de toute la nuit.
Il me semblait bien que les entreprises du téméraire Béatin devaient
aboutir à quelque chose ; mais je me
tourmentai vainement pour deviner
à quoi. J'avais eu beaucoup de plaisir à le voir soufletter ; cependant il
me fâchait qu'il l'eût été si-tôt. La
porte allait probablement lui être
interdite à son tour ; & j'étais déso-

lée de ne pouvoir plus compter sur
de nouvelles occasions de le voir aux
prises avec ma tante.

POURTANT, à-force de donner la
torture à mon esprit, j'avisai quelque chose qui me parut un moyen
infaillible d'aprendre ce que je
brûlois de savoir. Mon maître de
danse, un jeune - homme bien fait,
joli, d'une douceur charmante, &
qui me traitait avec un tendre respect, Belval avait toute ma confiance. Je le crus digne de recevoir
mes epanchemens, & ne doutai pas
qu'il ne m'expliquât d'une manière
satisfaisante quels pouvaient avoir
été les desseins du Docteur. Le pis
aller était de rire ensemble des souflets ; & cela valait toujours bien la
peine de jaser.

TOUT concourut à favoriser mon
petit projet de bavardage : Sylvina,
témoin ce jour - là de toutes mes
leçons, ne le fut précisément point

de celle de Belval. Elle avait à écrire, à Béatin peut-être. D'ailleurs Belval, coquet personnage, faisait une espèce de cour, qu'on tolérait, malgré la dévotion : il pouvait en-conséquence n'être pas suspect. Quoi qu'il en soit, Sylvina nous laissa seuls.

Aussi-tôt qu'à-travers la serrure je la vis la plume à la main, j'entrai en matière, non sans beaucoup rire d'avance de certaines particularités qui se retraçaient vivement à mon imagination. Cependant Belval, à qui je croyais faire partager ma joie, ne riait point. Je voyais au-contraire sa physionomie se rembrunir un-peu ; cela me fâcha. — Quoi donc, M. Belval, lui dis-je, cette aventure ne vous paraît pas tout-à-fait plaisante ? — Je vous demande pardon, Mdlle, . . . elle est des plus singulières. — Savez-vous qu'il était à peindre aux genoux de ma tante ? — Oh ! je le crois : ces ani-

maux-là. . . . sont très-gauches. . . .
oui , cela devait être fort risible.
--- Mais vous ne riez cependant pas
de bien bon cœur ? --- C'est que je
pensais. . . . continuez. . . . cela devait faire un bel éfet. --- Rien de
plus original. --- Il était , dites-
vous à genoux ? Comme me voilà ?
--- Précisément. --- Madame votre
tante , assise ? --- Voilà comme elle
était (& je m'assis) --- Bon , &
vous dites qu'il avait une main. . . .
là ? (sur ma gorge , le fripon ,)
--- Oui. Mais , M. Belval , cette
imitation n'est peut-être pas nécessaire. --- Bon ! vous n'y pensez pas ,
rien de plus innocent ; & l'autre
main du Docteur. . . . ici ? --- Ah !
Belval , qu'osez-vous ?

C'est qu'en - éfet , la main du
petit danseur avait , comme un
éclair , pris la même route que celle
du Docteur avec Sylvina. Je ne
m'étais pas attendue à cette licence :
il parcourait sans obstacle ce dont

jamais encore main d'homme n'avait
aproché..... Je me préparais à
quéreller : mais la bouche de l'a-
droit libertin mura brusquement la
mienne,... une langue ! un doigt ! ...
L'ivresse d'une sensation inconnue
s'empara de tous mes sens... Dieu ,
quel instant ! & de quel autre il
allait être suivi , si la sonnette de ma
tante.,..! Belval , à-l'instant debout
& rajusté , fut obligé de me pousser
plusieurs fois pour me rapeller à
moi-même. Je commençai un me-
nuet ; mais mes jambes tremblaient
sous le poids de mon corps aban-
donné de ses esprits ; un rouge fon-
cé colorait mon visage. Sylvina ,
qui survint aussi-tôt , n'aida pas à
me calmer ; la contenance du maître
n'était pas non-plus fort assurée....
Ma tante envoya le lendemain chez
lui retirer mes billets , & le prier
de ne plus venir. Nous avions été
soupçonnés. Cependant , prudente
& n'ayant que des semipreuves
évidentes , ou plus occupée de ses

propres affaires que des miennes,
Sylvina ne me fit ni reproches ni
questions. Elle me donna , quelques jours après , un nouveau maître à danser ; mais si laid , si laid ,
qu'il était pour le coup sans conséquence.

CHAPITRE IX.

Peu intéressant, mais qui n'est pas inutile.

LAMBERT , depuis son expédi-
tion , avait ses entrées ; & Sylvina
le voyait tous les jours ; mais ce
n'était pas , à beaucoup-près , avec
cette satisfaction que lui causaient
les visites du Docteur. Cependant
ces deux hommes n'étaient pas à
comparer. Béatin avait tout-à-fait
la physionomie d'un *Prêtre* , le maintien , les mouvemens embarrassés

d'un pédant, vermeil à la vérité, &
qui pouvait valoir quelque chose.
Mais Lambert étant vraiment beau,
sa taille, sa jambe, ses traits étaient
au-mieux ; il souriait agréablement,
ses yeux pétillaient d'une vivacité
tendre ; en un mot, la femme de
Sylvino, l'un des plus beaux cavaliers de Paris, était impardonnable
de lui faire infidélité pour un Béatin ; mais bien traiter Lambert,
c'était toute autre chose. Il devait
prétendre à triompher des bégueules
les plus austères & les plus froides :
pouvait-il manquer d'intéresser enfin
l'inflammable Sylvina ?

ON ne me renvoyait pas encore
pour lui ; mais je m'esquivais à-
dessein. Plusieurs fois ma tante m'a-
vait rapellée ; cependant elle se fit
enfin à mes absences. Je la voyais
s'humaniser par dégrés avec Lambert, plus délicat, mais non-moins
empressé que le Directeur. De jour
en jour les situations devenaient plus

Instructives, & j'aurais fait en peu
de temps un cours complet sans la
fantaisie qu'eut tout-à-coup Sylvina,
d'abandonner son théâtre ordinaire,
pour aller représenter dans un petit
cabinet, dont son ami venait de lui
faire faire une espèce de boudoir.
Ce déplacement me fit perdre ce qui
manquait à mon instruction. J'es-
sayai vainement de voir mes gens
dans leur nouveau réduit : j'en fus
inconsolable.

CEPENDANT, depuis qu'au lieu
du *Porte-soutane* nous avions sans-
cesse avec nous l'amusant Lambert,
ma tante n'était plus la même. Elle
se coéfait, se parait ; sa physionomie n'était plus sombre, elle avait
recouvré son enjouement. Nous
n'entendions plus autant de messes ;
bientôt nous nous en passâmes tout-
à-fait. Nous recherchâmes les connaissances négligées : il en coûta
bien des mensonges. Il fallut su-
poser des indispositions continuelles:
Demandez

Demandez à ma niéce ; & je protes-
tais , avec beaucoup d'éfronterie ,
que ma tante avait été très-malade.
On le croyait ou non. Mais maintenant on reçoit les justifications ,
pour peu qu'elles vaillent , avec
beaucoup d'indulgence. Il n'est plus
d'usage qu'on se brouille avec les
gens, parce qu'il leur a plu de vivre
quelque - temps séparés de la société.

Sylvino revint : tout alla le mieux
du monde. Lambert fut *l'ami de la
maison.* Ma tante n'avait jamais été
d'aussi belle humeur , ni d'un com-
merce aussi facile.

Courage ! bon, mais malheureux Monarque ! tes états sont im-
menses , tes sujets innombrables ;
tu rends heureux par mille moyens
différens tous ceux qui consentent à
le devenir par toi ; cependant la
plupart sont des ingrats qui te mau-
dissent , au-lieu de te bénir. Quel

I. Part.   D

aveuglement ! Sylvino te rendait
plus de justice. Depuis son retour
sa femme se comportait si bien à
son égard , qu'il ne doutait plus du
bonheur d'être enfin au nombre de
tes vassaux. Il n'avait garde d'en
prendre de l'humeur. Béatin , qui
n'oubliait pas ses souflets , fit bientôt
naître une occasion délicate.... Mais
ce fut alors que l'admirable époux
signala son esprit.... sa générosité....
O Sylvino , que vous étiez un galant
homme ! que vous vous conduisiez
bien ! que ne puis-je , en traçant
votre éloge, inspirer à tous les cocus ,
présens & à venir , le bon sens de
vous imiter !

CHAPITRE X.

Plus vrai que vrai-semblable.

NOus donnions à dîner à deux
Artistes nouvellement arrivés d'Ita-

lie , & à l'ami Lambert. On était de la plus grande gaité. Ma tante & moi , devant qui l'on oubliait un peu de se gêner , riions aux larmes de mille saillies très - vives qui écha- paient à ces Messieurs. Nous fûmes interrompues par l'arrivée d'une let- tre qu'aportait un commissionnaire : elle était pour mon oncle.

MES amis , (dit-il , après avoir secoué deux ou trois fois la tête en lisant) c'est une lettre anonyme , & c'est vous qu'elle regarde , Madame ; voyez. Son ton n'avait rien d'éfra- yant : cependant certaine mine , en remettant le papier , était de mauvais augure. Sylvina tremblait d'avance... elle ne put lire jusqu'au bout. Le fatal écrit tomba de ses mains ; une pâleur soudaine ternit son visage ; elle se trouva mal ; on s'empressa de la secourir. --- Cela ne sera rien (disait mon oncle , la délaçant , & livrant , tout mari qu'il était, deux globes divins aux yeux connaisseurs

D 2

de ses confrères ɔ. L'un donnait un flacon , l'autre frapait dans les mains ; Lambert seul , par l'excès de l'intérêt qu'il prenait à cet accident , demeurait inutile , & Sylvino l'en plaisantait avec malignité. Cependant les beaux yeux de Sylvina se rouvrirent. Un baiser & quelques mots fort tendres , de la part de son époux , achevèrent de la rassurer. On se remit à table. La malade se rétablit en avalant quelques rasades de Champagne ; après quoi Sylvino , pour la tranquilliser & mettre ses amis au fait , prit la parole & dit : « Tout ceci , Messieurs , doit vous » paraître fort extraordinaire : il n'y » a , de vous trois , que l'ami Lam» bert qui puisse se douter , à peu» près , de ce dont il s'agit ; voici » le fait. Ma femme est charmante , » vous la voyez ; on l'aime , je n'en » suis pas étonné , puisque moi , son » mari , j'en suis encore amoureux. » Il faut que pendant mon absence » elle ait mécontenté quelqu'adora-

» teur ; il cherche maintenant à se
» venger en m'écrivant des choses...
» assez graves pour mettre martel en
» tête à certains époux. Mais des
» gens ainsi susceptibles sont des
» hétéroclites honnis , & je suis
» bien éloigné d'avoir leurs peti-
» tesses. On me mande donc que
» certain ami très-amoureux a beau-
» coup fréquenté ma femme ; que ,
» pour répondre plus librement à
» cette passion , elle s'est séparée
» de toute société , privée de tout
» plaisir , qu'il n'y a nul doute , en
» un mot , que le traître (c'est
» ainsi qu'on le désigne) n'ait
» poussé les choses au dernier pé-
» riode. On crie au scandale : on
» me conseille de punir ma femme...
» on.... mais dites-moi , Messieurs,
» quel cas pensez-vous que je doive
» faire de ces avis importans ? .... »
--- Je pense (dit l'un des étrangers) que Madame est incapable
d'avoir donné matière à d'indignes
soupçons.... --- Cela est honnête ;

(interrompit Sylvino). Et vous ?
(en s'adressant au second). --- Je
pense de-même que Monsieur. --- Et
l'ami Lambert ? --- Tiens , mon
cher Sylvino, je t'entends à merveille : mais veux-tu que je te parle
avec ma franchise ordinaire ? C'est
moi sans-doute que regarde l'ac-
cusation de ton impertinent anonyme. Je ne disconviens pas d'a-
voir beaucoup vu ta femme pendant
que tu étais là-bas : mais d'abord
c'était par ton ordre. Or pense-tu
que j'eusse voulu la suborner ?
--- Il ne s'agit pas de cela , mon
ami. Chacun dans ce monde se conduit comme il peut : tu auras fait
ce qu'il t'aura plu ; ma femme de-
même , c'est de quoi je me soucie
peu , & ne m'informe point. Acheve
ce que tu voulais nous dire ; acheve.
--- Eh bien ! je veux dire , mon
cher , que si , succombant au danger de voir tous les jours une femme
charmante , j'avais pu sentir au
fond du cœur quelque chose de plus

que ce qu'un mari peut approuver ,
du-moins , étant ton ami au point
où je le suis , j'aurais eu l'attention
de ne te donner aucun sujet de
plainte. Celui qui t'écrit exagère ;
ses soupçons n'ont pour fondement
que sa basse jalousie : ta femme
t'aime de tout son cœur ; je te suis
sincérement attaché ; & si je puis te
conseiller dans une affaire qu'on
veut me rendre personnelle , je serai
d'avis que ta vengeance tombe uni-
quement sur celui qui a pu te manquer , en te parlant de deshonneur ;
qui a pu méditer le projet exécrable
de troubler un ménage heureux , &
de brouiller de parfaits amis. ---
Touche-là , mon cher Lambert ; tu
viens de parler comme un sage , &
tu m'as deviné. Ah ! si nous avons
jamais le bonheur de vous happer ,
Monsieur le scandalisé , nous vous
apprendrons à ne pas espérer qu'un
honnête-homme prenne des partis
violens d'après une délation anonyme. Mais ma femme va , sans-

doute , nous faire connaître l'im-
posteur. --- Son écriture le trahit ,
dit Sylvina. Il ne se doutait pas
certainement que je dusse voir cette
lettre. --- Dis - nous donc , sans
hésiter , qui il est ; où le trouver.
Il faut qu'il soit châtié , que tu sois
vengée. Tu connais heureusement
l'écriture. --- J'avoue que j'avais
eu l'imprudence de recevoir quelques lettres de la part de ce maudit
homme , bien peu fait pourtant
pour en écrire de l'espèce de celles
qu'il m'adressait , &.... --- un homme
bien peu fait , interrompit Lambert !
J'y suis peut-être ! ne serait-ce pas
par hasard le vénérable Docteur
Béatin ? --- Lui-même. --- M. Béatin , ton Directeur ? (s'écrierent
tour-à-tour Lambert & Sylvino).
Ah , parbleu ! vous me le paierez ,
(disait celui-ci). Il a déja tant soit
peu l'honneur de me connaître
(disait l'autre). --- Puis il raconta
comment il avait surpris un - jour le
drôle *usant de violence* , & comment ,

à la prière de Sylvina, il l'avait
mis à la porte avec deux souflets
(c'était ainsi qu'il convenait d'ex-
poser le fait). Le mari loua fort
cette conduite. Vous verrez , dit-
il , que c'est pour se venger de cette
disgrace que le cagot essaie aujour-
d'hui de vous calomnier. --- C'est
cela , mon cher. --- Ah , le coquin !
le malheureux ! --- voilà bien les
Prêtres ! Chacun disait son mot.
Ensuite il fut décidé d'une voix
unanime que le scélérat devait être
puni de sa double trahison , sévérement & sans délai.

CHAPITRE XI.

Conjuration.

IL me vient une bonne idée (dit
Sylvino). Je tiens le Béatin , sur
ma parole. Ecoutez , mes amis : Si

E 2

ma femme lui écrivait que je suis
furieux ; que je viens de la traiter
en époux sûr de son deshonneur ;
qu'elle ne peut soupçonner de l'a-
voir compromise que ce brutal de
Lambert , *ce garnement* sans respect
pour les ministres de la sainte religion ; que , quoique lui , Directeur , se soit montré par trop fra-
gile ; qu'il soit la cause directe de
tout ce qui vient de se passer , &
qu'à cet égard elle ait lieu de lui
vouloir du mal , elle ne l'a cependant point oublié ; qu'elle ne peut
plus vivre sans le voir ; qu'elle craint
de nouveaux tours de la part du
donneur de soufflets ; que dans l'embarras extrême où elle se trouve ,
elle n'a que le prudent & consolant
Béatin pour ressource ; qu'elle le
prie donc de se trouver.... quelque
part , bien secrètement , pour con-
férer ensemble , & déterminer le
parti qu'il convient de prendre dans
des conjonctures aussi fâcheuses ? Si
ma femme , dis-je , écrivait toutes

ces choses au Docteur , je pense
qu'il donnerait , tête baissée , dans
le panneau. Il serait enchanté de
voir que sa pénitente aurait pris le
change , & qu'ofrant d'elle-même
un rendez-vous , elle ne pourait
s'en tirer sans payer de ses faveurs
ces conseils dont elle paraîtrait avoir
un besoin si pressant. --- L'idée fut
généralement aplaudie. --- Il faut
ma chere (ajouta Sylvino) que
tu nous secondes bien dans tout
ceci ; tu es la plus intéressée à te
venger de l'odieux Béatin. Quand
nous le tiendrons.... nous faisons
notre affaire du reste. Je vous le
livre , répondit-elle ; périssent à-
jamais tous ces exécrables caffards :
me voilà corrigée pour la vie de
leur accorder la moindre confiance.
Que j'étais malheureuse ! Mais c'est
bien ma faute. Qu'avais-je besoin ,
ici , de me donner un tyran qui
désaprouve jusqu'aux plus innocens
plaisirs ! Et quel monstre avais-je
précisément choisi ! --- N'y pense

plus (dit , en l'embrassant , le sensible Sylvino) ; que ceci te rende plus sage à - l'avenir.

Le projet d'écrire à Béatin fut exécuté sur-le-champ. Le ressentiment de Sylvina était fondé. Le désir de se venger , qui inspire toujours si bien les femmes , lui dicta des expressions si naturelles , si séduisantes , que le plus rusé *porte-calotte* n'eût pu soupçonner qu'elles cachaient un piége. Béatin se prit comme un sot à celui-ci. On le priait de se trouver le lendemain à la nuit tombante , *au Pont-tournant* , pour être conduit de là , par ma tante elle-même , à Chaillot , où nous avions une petite maison. Il accepta.... Sa réponse était si passionnée qu'on le voyait assuré d'avance que Sylvina allait enfin le rendre heureux.

Elle fut exacte & trouva l'heureux Béatin à l'endroit indiqué. Il était en habit de campagne , fraisrasé , un - peu mieux coéfé que de coutume ; car il n'était pas de ces ecclésiastiques élégans , qui souvent plus recherchés dans leur ajustement que les gens du monde , n'en diffé- rent que par des cheveux ronds & une tonsure. Béatin , je l'ai déjà dit , était un Prêtre ; *Prêtre* , c'est assez le définir.

BREF , le voilà dans un fiacre à- côté de ma tante qui feint les plus vifs empressemens , & conte que son mari venant de partir pour quelques jours , ils pouront passer jusqu'au lendemain à Chaillot , s'il n'a rien de mieux à faire. C'est alors que les transports du satyre n'ont plus de bornes. Ses yeux étincellent *du feu de la concupiscence ;* il est *au troisième Ciel ;* il jouit déja *de l'avant-goût des plus parfaites béatitudes.* Ils arrivent enfin au village. La voiture est ren- voyée , & le fortuné Directeur in- troduit bien mystérieusement dans notre maison.

I. Part.   E

Mais comment le pénétrant Docteur ignora-t-il cette retraite pendant qu'il était si fort en faveur ? Comment ! Elle était , avant le départ de Sylvino , le théâtre de ses escapades secrettes ; & sa femme ne fut mise dans la confidence qu'à l'occasion de la conjuration projettée contre Béatin. Si vous vous étiez douté d'un asyle aussi propice , Docteur , vous auriez bien sollicité votre pénitente de vous le faire voir , & sans doute vous vous seriez bien trouvé du voyage. Comme tout change ! Vous le faites aujourd'hui sous de sinistres auspices. Vous courez à votre châtiment.... Mais je ne vous plains pas , vous l'avez bien mérité.

CHAPITRE XII.

Suite du précédent. Disgrace de Béatin.

PENDANT que d'un côté la convoitise & la haine faisaient , chacune , un calcul ; de l'autre , le mépris & la malignité , d'accord , préparaient leurs batteries pour accabler le vicieux Béatin. Sylvino , Lambert , les deux étrangers , & moi qui voulus absolument être des leurs , suivîmes de-près à Chaillot les Acteurs principaux , & entrâmes par une porte de derrière. Ils étaient au rez-de-chaussée : nous nous établîmes sans bruit au premier.

MA tante , sous prétexte de faire par-tout une visite exacte , & de se procurer de quoi faire un léger repas , vint auprès de nous , & l'on se concerta. Il fut décidé que Sylvina baloterait Béatin pendant quelque temps , ferait semblant d'écouter ses conseils , feindrait pourtant des scrupules , & se montrerait enfin disposée à lui tout accorder. Elle devait sur-tout l'engager à se coucher sans souper ; les provisions

E 2

que l'on croyait trouver à la maison se trouvant consommées, & la prudence exigeant qu'on ne sortît ni n'envoyât, de-peur que la partie ne vînt à être découverte. Tout cela fut exécuté par Sylvina avec beaucoup d'adresse & de perfidie. Le Docteur, alors dominé par un seul appétit, consentit, d'assez bonne grace, à jeûner. O·pouvoir du désir ! Triompher de la gourmandise d'un Docteur ! Amour ! ce n'est pas assurément le plus petit de tes miracles.

BÉATIN se crut enfin au comble de la félicité quand il reçut la ravissante permission de partager un lit avec Sylvina. Elle se réservait pourtant, par ménagement pour sa pudeur expirante, de ne point avoir de lumière dans l'endroit où se consommerait l'ouvrage de leur bonheur. L'adultère, disait-elle, est plus hardi dans les ténébres ; trop de honte nuirait à ses plaisirs ; &

sur-tout il n'est pas hors de propos
de se ménager , pour une seconde
jouissance , quelque surcroît de vo-
lupté. --- L'amoureux Béatin se
rendit , & plein de confiance suivit
à-tâtons Sylvina dans une chambre
haute.

Il est enfin dans ce lit fortuné….
Il brûle , il est consumé…. Sa pénitente combat encore ; elle hésite
de venir dans ses bras…. Mais quel
revers ! …. Dieux ! …. Où se ca-
chera le coupable Béatin ! Cinq
personnes paraissent tout-à-coup.
Une lanterne sourde fournit en un
moment de la lumière à plusieurs
flambeaux. Le curieux Sylvino , le
redoutable Lambert font briller
leurs épées ; la maison retentit de
leurs imprécations.

--- Je vous y prends donc , infame
adultère (criait le mari , mettant
la pointe de son fer près du sein de
sa femme). --- Venge-toi (criait à

E 3

son tour l'ami Lambert) , je vais
en même-temps te délivrer du scélérat qui te deshonore & me calomnie.
Où est-il ? O comble de l'horreur !
au lit ! dans ton propre lit ! --- Arrête , mon ami (interrompt Sylvino , laissant échaper sa femme
qui commençait à perdre le sérieux
nécessaire à · son rôle) ; arrête ; je
ne puis te céder le plaisir de verser
le sang du perfide....

IL faudrait avoir été témoin de la
scène que j'essaie de décrire , pour
pouvoir s'en faire une idée à-peu-
près juste. Je manque d'expressions
pour peindre l'éfroi de Béatin, &
la révolution prodigieuse que souf-
frirent à - la - fois son corps & son
esprit. Historienne fidele , je ne
puis me dispenser d'avouer , dussé-
je causer quelque dégoût , que le
malheureux · Docteur souilla très-
physiquement la couche de Sylvino.
Cependant on était convenu que
les étrangers demanderaient grace

& desarmeraient les amis irrités. Mais ils ouvrirent en même - temps un avis fait pour rassurer le coupable sur sa vie ; c'était de le mettre hors d'état de jamais faire des cocus. L'un d'eux, soi-disant chirurgien, prétendait pouvoir faire lestement l'opération, & même sur l'heure, ayant par - bonheur sur lui les instrumens nécessaires. A cette condition Lambert & Sylvino, consentans à ne plus tuer, arrachèrent du lit le sujet plus mort que vif, & le portèrent dans une autre pièce sous prétexte de l'opérer. C'est là qu'il reçut l'outrage le plus sensible, trouvant la perfide Sylvina qui riait aux larmes. Cependant elle voulut bien intercéder en sa faveur ; &, à sa prière, à laquelle la mienne se joignit, comme nous en étions d'accord, la peine fut encore commuée : l'on arrêta que le Béatin serait tenu quitte de tout, moyennant une copieuse flagellation : cette sentence était pour

le coup en dernier ressort. En conséquence , *le suborneur de pénitentes,*
l'écrivain anonyme fut lié par les
pieds , les poings & les reins contré
une colonne du sallon , nud , &
livrant à notre vengeance une vaste
paire de fesses. Nous traitâmes mal
cet embonpoint béni. On avait a-
porté bonne provision de verges ;
e les furent usées , jusqu'au dernier
brin , sur le rable du pécheur, qui ,
menacé du prétendu chirurgien , su-
bit son exécution , sans oser jetter
un cri. Eh ! qui ne se laisserait pas
martyriser le reste du corps pour
sauver une partie qui fait plus des
trois quarts du bonheur de la vie ?

MONSIEUR le Docteur , dûment
fustigé , tout le monde parut a-
paisé. Ses vêtemens lui furent ren-
dus , sans oublier la chemise très-
maculée , & qu'il fallut rendosser.
Puis on le reconduisit jusqu'à la
rue , chacun tenant un flambeau , &
lui témoignant les plus respectueux
égards.

CHAPITRE XIII.

Qui annonce quelque chose.

ON voit assez que les gens avec qui je vivais n'étaient pas fort sévères à mon égard , & que je ne les gênais plus : ils me traitaient déja comme une personne formée. Je surpassais en - éfet les espérances qu'ils pouvaient avoir conçues en m'adoptant. J'étais à-but avec Sylvina ; & son mari n'avait point le ton grave d'un oncle , ou d'un pere , dont il me tenait lieu. J'étais de tous les plaisirs ; je voyais bien des choses ; je supléais au - reste , & l'accommodais aux bornes étroites de mon imparfaite théorie. Les amis & Lambert en-chef ne bougeaient de la maison. Sylvina faisait par-ci par - là des heureux ; aussi était-elle d'une attention envers son mari ! .... d'une prévenance , d'une aménité pour les maîtresses & les modèles ! .... On ne peut le répéter assez : *Heureux les cocus !*

SYLVINO , que la fortune de sa femme mettait à - même de ne travailler que pour la réputation , faisait peu de tableaux ; mais ils étaient tous excellens ; son genre était l'histoire , & rarement il peignait le portrait. Bien né d'ailleurs, ayant un esprit fécond & cultivé , & beaucoup d'usage du monde , il était non-seulement chéri des femmes , mais encore recherché des hommes. Il comptait même au rang de ses amis particuliers plusieurs Grands , de ceux qui sont nés pour aimer & être aimés ; car tous n'ont pas le malheur d'ignorer l'amitié , de n'inspirer que du respect & de la crainte. Sylvina , quoiqu'un - peu bornée & médiocrement instruite , ne laissait pas d'ajouter à l'agrément de la maison. Elle était gaie , toujours égale. Elle avait une de ces physionomies singulières qui plaisent, pour ainsi dire, malgré qu'on en ait, qui importunent, qui allument à tous momens des passions nouvelles, &, bien plus, ressuscitent celles que la jouissance peut avoir éteintes. Son mari lui-même, avait quelquefois pour elle des retours étonnans. Alors elle se réservait entiérement pour lui. C'étaient-là des procédés ! Mais ces bouffées d'amour s'évanouissaient bien-vîte, & chacun de son côté se désennuyait de la monotonie de ces retraites conjugales par de piquantes infidélités.

Il n'était guères possible que l'air d'une maison, où Vénus était si dévotement adorée, ne fût contagieux pour moi. Les amis, les conversations, les événemens soupçonnés, entrevus, des tableaux, des esquisses libres, que j'épiais soigneusement, tout aidait à la nature. J'étais déja savante, & rési-

gnée à tout ce que mon bon génie
pourait exiger de moi ; je n'attendais plus que les heureuses occasions de vivre ; c'est le mot. Je com-
mençais à sentir le néant de mon
existence. Sylvina , entourée d'a-
mans , arbitre de leur bonheur,
choisissait parmi les plus aimables
cavaliers de la Capitale ; & moi,
pauvrette , je ne recevais que des
hommages , ou trop légers de la
part de ceux qui me regardaient encore comme un enfant , ou trop
fades de la part de quelques novices
en galanteries qui me décochaient
par-ci par-là quelque platte dé-
claration ou quelqu'épître am-
poulée. J'eus de tout temps le bon
esprit d'abhorrer les passions lan-
goureuses , leurs productions &
leur langage. Je ne cessais de me
retracer mon gentil Belval , allant
sensément au fait , & commençant
par où les autres me semblaient ne
devoir finir d'un siècle. Aussi leurs
fleurettes n'étaient-elles honorées de

ma part d'aucune attention. Quant aux écritures, je les recevais par vanité : mais, ou je n'y répondais pas, ou, si je prenais cette peine, c'était pour persifler cruellement les nigauds qui les avaient risquées. Cependant je ne laissais pas de me dire quelquefois : Que me faut-il donc ? Je brûle d'aimer, & je rejette tous les vœux qui me sont offerts ! Je ne compte qu'un seul moment de vrai bonheur, celui où l'entreprenant Belval…. Cependant je ne me sens pas amoureuse de ce petit danseur. --- Je m'étais fait une douce habitude du plaisir que son heureuse témérité m'avait fait connaître. Mais, dans les momens du plaisir le plus vif, l'image de Belval m'était indifférente ; je ne m'en représentais aucune qui satisfît le désir indéfini de ma voluptueuse imagination.

⁂

F

CHAPITRE XIV.

Evénement intéressant.

PENDANT une nuit brûlante de la
canicule il y eut un orage affreux
de tonnerre & de grêle. Je n'avais
pu fermer l'œil , l'excès de la cha-
leur m'avait fait jetter mes couver-
tures & quitter ma chemise trem-
pée de sueur. Vers le jour le
temps devint calme ; alors je voulus
me dédommager de ma mauvaise
nuit ; & devenue habile dans l'art
de me procurer des jouissances , je
réitérai plusieurs fois ce délicieux
exercice qui charme l'ennui de tant
de recluses , qui console tant de
veuves , soulage tant de prudes , de
laides , &c.... Dans un moment où
je revenais à peine à moi - même ,
j'entendis ouvrir doucement ma
porte , qui faisait face au pied de

mon lit. J'avais pour-lors une attitude si singulière que je n'en pouvais changer sans donner matière à
quelque soupçon. J'eus donc la présence d'esprit de feindre de dormir,
& de n'entr'ouvrir les yeux qu'assez
pour voir qui pouvait entrer ainsi
chez moi si matin : c'était Sylvino
lui-même. Le premier mouvement
qu'il fit en me voyant peignit la
plus délicieuse surprise. J'étais dans
l'état où les trois Déesses s'offri-
rent aux yeux de Paris ; sur le dos,
la tête apuyée contre le bras gau-
che, dont la main renversée couvrait à-moitié mon visage ; mes jambes, l'une à-peu-près étendue, l'autre écartée, le genou un peu plié,
trahissaient le plus secret de mes
charmes ; & la main qui venait de
le si bien fêter gissait mollement
à-côté de la cuisse.... Après avoir
contemplé quelques momens de la
porte cette position qu'un peintre
voluptueux devait trouver ravissante, Sylvino vient à mon lit avec

F 2

beaucoup de précaution , & m'o-
blige pour le coup à fermer tout-à-
fait les yeux , ne voulant pas qu'il
pût douter de mon sommeil. Il vient
près de moi : *Qu'elle est belle* , dit-il ,
& en même-temps je sentis un baiser
sur certain duvet qui commençait à
cotoner. Je ne m'attendais pas à
cette singulière caresse. Je frisson-
nai , un mouvement plus prompt
que la pensée changea ma posture ;
Sylvino se trouva forcé de me parler.

--- MA chere Félicia (dit-il) avec
un peu de confusion , je suis fâché
d'avoir troublé ton repos ; mais j'é-
tais venu pour savoir comment tu
te trouvais après ce terrible orage ,
& si tu n'en a pas été incommodée.
Puis , te voyant dans un desordre
qui t'exposait à prendre quelque
maladie , j'ai cru devoir m'apro-
cher.... Il faut te recouvrir. --- En-
éfet , il rejettait le drap sur moi ,
& l'arangeait avec la plus heureuse
mal-adresse ; ses mains me parcou-

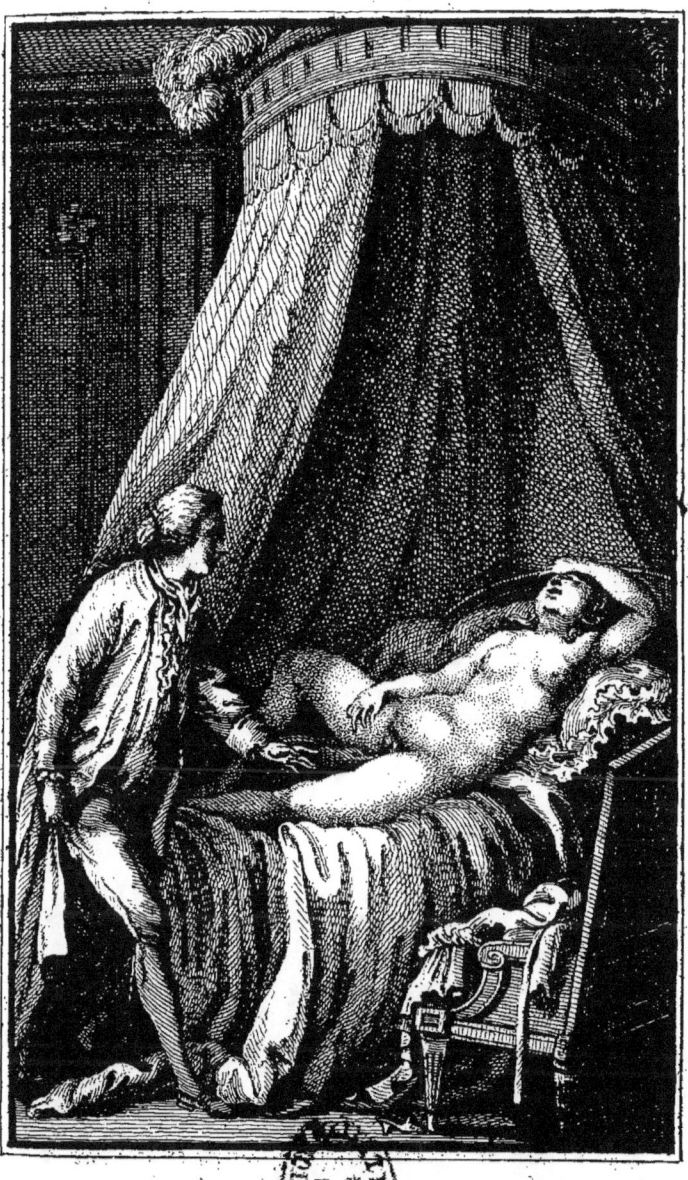

raient savamment. Je feignais beaucoup de reconnaissance. Son empressement officieux alla jusqu'à me
passer lui-même une chemise ; com-
plaisance qui lui valut encore quelques jolis larcins, dont je ne lui
sus point mauvais gré. Certain feu
brillait dans ses yeux.... Ah, s'il
m'eût aussi bien devinée ! .... Mais
il ne hasarda qu'un baiser, un - peu
libre à-la-vérité pour un oncle ; je
le rendis, je crois, un peu littéra-
lement pour une nièce.... Il s'en allait.... Il hésita.... J'espérais.... Il
s'en alla tout de bon.

F 3

CHAPITRE XV.

Où j'avoue des choses dont notre sexe ne convient pas volontiers. Singuliers discours de Sylvino, dont je conseille à bien des femmes de faire leur profit.

VOus me blâmez , lecteurs ; je le mérite peut-être : mais qui de vous ne sait pas que le tempérament & la curiosité sont des ennemis bien dangereux pour l'honneur prétendu des femmes ? Par eux , la plus sage n'est-elle pas quelquefois égarée , & jettée dans les bras de l'homme le-moins fait pour plaire ?

COMBIEN d'aventures étonnantes dans ce genre , que l'on sait ! & combien que l'on ignore ! Quant à moi , je ne me piquais pas de sagesse. Toute à la nature , & brûlant de connaître à-fond ses secrets, je n'aurais pu résister aux entreprises de Sylvino ; j'étais au-contraire fâchée qu'il n'eût rien entrepris : mais on ne règle pas sa destinée : ce n'était pas à lui qu'il était réservé de me défaire de mon onéreuse virginité.

Peu de jours après notre aventure, Sylvino se rendit aux instances d'un Seigneur Anglais , grand amateur des arts , & son intime ami, qui le pressait de commencer avec lui un voyage de deux ou trois ans, par tous les pays de l'Europe où il pouvait y avoir des objets de curiosité pour des artistes.

Sylvina eut l'air d'être fort affligée : son mari la consola de son mieux, & la recommanda à ses connaissances. Quant à moi, il me prit un-jour en particulier ; & voici à-peu-près le discours qu'il me tint : « Je te quitte, ma chere

» Félicia, sans craindre que mon
» absence te devienne préjudiciable.
» A-l'abri de l'indigence, avec une
» belle figure, de l'esprit & des ta-
» lens, je te vois déja dans la car-
» rière du bonheur : c'est à toi de
» t'y maintenir. Tu seras adorée des
» hommes. Il y en a beaucoup d'ai-
» mables ; mais fais ton possible
» pour n'avoir de passion pour au-
» cun. Le parfait amour est une
» chimère. Il n'y a de réel que l'a-
» mitié, qui est de tous les temps ;
» & le désir, qui est du moment.
» L'amour est l'un & l'autre, réunis
» dans un cœur pour le même ob-
» jet. Mais ils ne veulent jamais
» être liés. Le désir est ordinaire-
» ment inconstant, & s'éteint quand
» il ne change pas d'objet. Veut-on
» le retenir, le rallumer, l'amitié
» ne peut qu'en souffrir. Le désir
» est comme un fruit qu'il faut
» cueillir, lors qu'il est à son point
» de maturité. Une-fois tombé de
» l'arbre, on ne l'y rattache plus.

» Défends-toi des sentimens vio-
» lens , ils rendent à coup sûr mal-
» heureux. Vis mollement dans un
» cercle de plaisirs tranquilles , que
» feront naître un luxe modéré , les
» arts , & des goûts réciproques
» que tu auras la liberté de satis-
» faire. Sylvina , dont par mes soins
» le caractère extrême est mainte-
» nant tourné du côté du plaisir ,
» ne te gênera pas. Déja son égale ,
» tu te verras bientôt au-dessus
» d'elle par les avantages de ton
» printemps , de tes talens , de
» ton esprit. Conduis-toi bien avec
» elle : ne perds jamais de vue les
» grandes obligations que tu lui as ,
» ainsi qu'à moi. Mais l'ingratitude
» est , je crois , un vice étranger
» à ton cœur , & contre lequel je
» n'ai rien à te dire. Fais de bons
» choix : ne t'engage jamais au-
» point d'avoir plus de peines que
» de plaisirs. Préviens le dégoût :
» & , puisqu'en galanterie , pour
» n'être pas malheureux , ou en-

» nuyé , il faut se laisser tromper
» ou tromper les autres , ménage-
» toi des illusions flateuses. N'ap-
» profondis jamais rien de propre à
» te causer des mortifications , &
» sauve adroitement les aparences
» aux yeux de ceux dont l'éclat de
» tes changemens pourait occa-
» sionner le malheur. Je te parle
» comme il serait à souhaiter qu'on
» parlât de bonne heure à tout ton
» sexe. Bien des femmes seraient
» faites pour ne pas abuser de ces
» principes. Les femmes semblent
» n'être nées que pour aimer & être
» aimées : cependant jamais on ne
» leur dit les vérités qui sont du
» ressort de leur état. On exige
» d'elles des combats pénibles con-
» tr'elles-mêmes ; une résistance ri-
» dicule envers nous : pendant ces
» délais , les beaux jours s'écou-
» lent , les roses se flétrissent.
» Ainsi , prudes à l'âge de la ga-
» lanterie ; galantes , quand elles
» n'ont plus de charmes , & consu-

» mées de regrets , le reste de leur
» vie , la plupart des femmes n'ont
» point eu une véritable existence.
» En un mot , il te faut de l'amour ,
» des plaisirs. Varie-les avec déli-
» catesse : mais que leur illusion
» ne te fasse pas oublier d'amasser ,
» pendant tes belles années , des
» ressources pour les années stéri-
» les. Souviens-toi de ces conseils ;
» ils sont faciles à suivre , & si tu
» veux en faire la base de ta con-
» duite , je te prédis que tu seras
» une des plus heureuses femmes
» de ton siècle ».

M'AS-TU bien compris ? --- A
merveille , mon cher oncle , dis-je
en lui témoignant par mes caresses
combien je goûtais sa morale. Que
je suis heureuse , ajoutai-je , de
trouver dans vos idées tant d'analo-
gie avec celles qui me sont naturelles ! .... Il m'interrompit pour
me dire que sans la disproportion de
nos âges & le préjugé sérieux de

ses raports avec moi , il aurait
brigué l'honneur d'être le premier
à qui je dusse la *premiere leçon* du
plaisir de l'amour. « Mais , ajouta-
» t-il , un pacte entre l'autorité &
» l'obéissance serait suspect. Mê-
» me , ne partant pas , je me per-
» mettrais à-peine de profiter de la
» bonne volonté que tu pourais
» faire l'éfort d'avoir pour moi. Tu
» dois à l'amour le premier bouton
» de ton printemps ». --- Je faillis
répliquer : je le dois à l'estime , à
la reconnaissance & à vous. Mais
Sylvino ne sortait pas de son rôle
sérieux. Il m'en imposait.... Je ne
dis rien.

CHAPITRE XVI.

Bel exemple qui n'est pas assez suivi.
Croquis d'un Prélat à la mode.

MAris ingrats , que vos femmes
ont

ont enrichis , & qui ne rougissez
pas de leur faire souffrir des priva-
tions ; qui leur faites trouver l'indigence dans leurs maisons , où vous
êtes entrés vous-mêmes indigens ,
& peu dignes de cesser jamais de
l'être ; aprenez, de l'équitable &
délicat Sylvino , comment un galant homme se conduit quand il doit
tout à sa femme.

SYLVINO , sur le point de se séparer de la sienne , non-seulement
se départit de toute son autorité ,
& la mit à la tête des affaires d'intérêts , avec plein pouvoir, mais encore il lui fit présent de mille louis
que son compagnon de voyage lui
avançait pour le dédommager de
son déplacement. Cette libéralité
de l'Anglais , ce desintéressement
de l'Artiste n'étonneront , sans-
doute , que le plus - petit nombre
de mes lecteurs.

Nous nous trouvions dans l'ai-

I. Partie.   G

sance ; nos curieux partaient munis
des plus grandes ressources ; nous
étions de la sorte tous à-peu-près
contens , quand la séparation se fit.

LE-plus grand talent de ma tante
était de bien tenir une maison. Cependant , malgré la prudente éco-
nomie avec laquelle la dépense se
faisait dans la nôtre , le ton sur lequel nous débutâmes nous eût bientôt ruinées , si Sylvina ne se fût
résignée à faire entrer , pour quelque
chose l'opulence & la libéralité de
certains amans , dans la considération des motifs qui déterminaient
son choix en leur faveur.

GRACES à la prodigalité d'un gros
Américain , qui fit pour elle des
folies excessives pendant trois mois,
nous étions encore éloignées de dé-
cheoir, lorsque notre char rapide
accrocha brusquement Monseigneur
de.... qui n'était connu dans son
diocèse que de ses fermiers ; mais

qui l'était à Paris de toutes les jolies femmes , & de quelques-unes
très-particuliérement. Un Prélat aimable ! voilà ce qui convient à une
mondaine qui veut bien donner dans
l'Eglise : & , à ce prix, en est-il qui
n'y donne pas ? Mais des Béatins ! Il
faut sortir d'une province , & encore d'une province bien barbare , pour
faire la triste sottise de s'en afubler !

MONSEIGNEUR était d'une figure
intéressante, petit-maître à-l'excès ,
vif, aussi pétulant que lorsqu'il
était Officier , toujours gai, content, agréable & bouillant d'esprit ; il paraissait de dix ans plus
jeune qu'il n'était. En - éfet , amateur universel ; poésies , lettres ,
spectacles , arts , sciences , talens , plaisirs , modes , folies ,
tout était de son ressort. La réputation de quelques ouvrages de Sylvino nous avait procuré sa connaissance : il acheta ses tableaux ; la
femme du peintre l'ensorcela ; la

petite nièce le ravit par les délicieux
accens de son gosier , déja l'un des
mieux exercés de la capitale. Bientôt il devint notre inséparable.

Un clou chasse l'autre , dit-on.
Ainsi Monseigneur suplanta l'ami
Lambert , qui cependant eut le bon
sens de ne point se brouiller. Son
règne fini , il sut se mettre honnê-
tement à sa place. Plus rare , sans
négligence ; plus réservé, sans froi-
deur , il n'incommodait , ni Sylvina , dont le retour était pour le
coup sincère , ni Monseigneur ,
dont une conduite moins circons-
pecte aurait sûrement éveillé la jalousie. Dailleurs , Lambert , amusant & jamais à-charge , partageait
une grande partie de nos plaisirs.
Et qui sait encore s'il ne glânait pas
quelquefois après Monseigneur ?

Celui-ci , après avoir soutenu
pendant une saison entière un goût
très-vif & très-dispendieux pour la

séduisante Sylvina , eut l'air de sortir tout-à-coup à mon occasion d'une distraction profonde , & de regretter de n'avoir pas fait plus-tôt cette attention au joli rejetton , qui croissait à-côté de l'arbre , dont la culture avait fait jusques-là ses délices.

CHAPITRE XVII.

Bonne volonté de sa grandeur. Contretemps.

EN-honneur , petite Félicia , » me dit le Prélat un-jour qu'il me » trouva seule , vous n'êtes plus ici » à votre place. Maintenant la belle » tante vous nuit ; mais bientôt , » friponne , vous allez lui nuire à » votre tour. Il faut que je me mêle » un-peu de cela ; que je vous sé- » pare. Je suis l'homme de con-

» fiance : on fera tout ce que je
» conseillerai en vue du bien. Je
» veux vous dépéiser. Qu'en dites-
» vous ? Je dois bientôt subir un
» exil de quelques mois dans mon
» diocèse. La ville, à ce qu'il m'a
» paru, manque de ressources pour
» les plaisirs : mais il y a spectacle,
» & un concert passable : voudriez-
» vous, pour m'obliger , en être
» la premiere chanteuse ? On ne
» vous donnera pas des apointe-
» mens dignes de vos talens & de
» ce charmant minois, qui vaut lui
» seul tous les talens du monde :
» mais je me charge d'y supléer,
» & de vous faire trouver, dans
» cette *Sibérie*, à-peu-près l'aisance,
» & l'équivalent de vos plaisirs de
» Paris.... Vous souriez ! Serait-ce
» de quelque maligne interprétation
» de ma bonne volonté ? Soupçon-
» neriez-vous quel genre de recon-
» naissance je desirerais mériter
» de votre part ? Parlez avec assu-
» rance , belle Félicia ; vous n'êtes

» plus un enfant.... Je ne vois rien
» qui puisse vous empêcher de
» bien traiter un ami solide , ...
» qui.... ne vous prierait de rien
» que d'agréable.... de rien qui
» durât plus long-temps que vous
» ne pouriez vous-même vous en
» faire un amusement. Je me fais
» entendre ? Un rochet vous en im-
» poserait-il ? Vous causerait-il
» quelque frayeur ? .... On est
» homme là-dessous.... tout de-
» même que sous l'habit le plus
» galant de vos jolis danseurs de
» l'Opéra.... Si.... vous saviez....
» comment un homme est fait....
» on pourait.... vous convaincre....
» qu'il n'y a entre les gens du
» monde & nous.... aucune difé-
» rence ».

CE discours, un-peu fort pour
mon peu d'expérience , me mettait d'autant plus mal à mon-aise
qu'il était accompagné de gestes
vifs & hardis.... Je savais confusé-

ment qu'il eût été décent d'oposer une belle résistance.... Mais je craignais si fort de m'acquitter gauchement d'un rôle qui ne m'était pas naturel , qu'au-lieu de m'emparer des mains , d'empêcher certain genou de séparer les miens , je ne faisais que détacher , en folatrant , de bonnes croquignolles sur les doigts sacrés.... Mais qui ne les aurait pas bravées pour arriver aux beautés les plus fraîches & les plus neuves ! Mon agresseur entendait le badinage à - merveille ; & , loin de se fâcher du petit mal que je pouvais lui faire , il continuait avec beaucoup d'enjouement , & s'établissait partout où cela pouvait l'amuser. Bientôt il fut si bien maître de ma petite personne , que je crus pour-le-coup devoir le menacer , en riant pourtant, de le dire à ma tante , aussi-tôt qu'elle rentrerait. --- Ah , ah ! la tante , est admirable , dit-il , en éclatant de rire..... Puis il prit un baiser

très-cavalier sur ma bouche entr'ouverte pour rire aussi.

Pourquoi serai-je moins franche
en contant que je ne le fus pendant
l'événement même ? Avouons ingé-
nuement que sa grandeur me fit
éprouver avec la dernière vivacité
ce que j'avais dû à Belval en pa-
reille occurrence. Les choses allèrent
même cette fois-ci beaucoup plus-
loin. Comme j'avais un peu perdu
connaissance , & que par un heureux instinct j'avais pris sur le bord
de ma bergère la position la plus
favorable , Monseigneur en profi-
tait : déja quelque chose de très-
ferme me causait un certain mal....
Mais un bruit soudain qui se fit entendre dans l'anti-chambre , fit lâ-
chér prise à mon vainqueur : il eut
à peine le temps de se rajuster...
Ce n'était pas moins que Sylvina
elle-même qui rentrait avec du
monde , & qui , pour peu qu'elle
eût voulu prêter aux aparences ,

se fût très-aisément doutée que nous
n'étions pas à propos de rien, Monseigneur & moi, dans une aussi
violente agitation.

CHAPITRE XVIII.

Caprices amoureux.

LE Prélat, dont le sourcil s'était
froncé très-fort au bruit des fâ-
cheux, sut se contraindre à merveille quand il les vit paraître. . . .
Eh ! par quel hasard , mon cher
neveu , vous vois-je ici avec ces
Dames , dit-il à un charmant cavalier dont étaient accompagnées
Sylvina & Madame d'Orville (une
nouvelle amie que nous ne voyions
pas beaucoup alors). Le jeune
homme répondit qu'étant connu
particuliérement de la dernière, il
avait été assez heureux pour faire

connaissance ce - jour même avec
Sylvina , & qu'à la suite d'une pro-
menade on voulait bien lui donner
à souper. Le gentil Évêque , par
bienséance , pria qu'on lui permît
d'être des nôtres , comme s'il n'eût
pas été chez lui. Il fut toute la soirée d'un enjouement délicieux , &
fit les plus plaisans contes , dont
Madame d'Orville & Sylvina rirent
aux larmes. Quant au jeune-homme
& à moi , nous fûmes sérieux , dis-
traits , nous nous regardions.....
Nous nous cherchions sans savoir
trop que nous dire. . . . A table ,
placés l'un vis-à-vis de l'autre ,
nous ne mangeâmes presque pas. Je
sentais par-dessous , des pieds qui
cherchaient à lier conversation avec
les miens. Je souriais au visage à
qui ces pieds agaçans apartenaient :
ce visage me regardait avec une expression passionnée qui me mettait
hors de moi.... Ah ! Monseigneur ,
vous qui , deux heures auparavant ,
me sembliez le plus beau des mor-

tels, que vous étiez changé depuis que votre adorable neveu m'était aparu !

Qu'on se réprésente un Adonis de dix-neuf ans , dont les traits étaient parfaits , la physionomie noble , le regard vif & doux ; & dont le teint aurait fait honneur à la plus jolie femme. Qu'on imagine un front dessiné par les Graces , & merveilleusement accompagné d'une chevelure unique , du plus beau châtain brun ; une taille haute , svelte , pleine de graces , & que faisaient briller un petit uniforme d'Officier aux Gardes. Une jambe ! un pied ! Mais tout cela ne donne encore qu'une idée imparfaite du rare neveu de Monseigneur , de l'incomparable chevalier d'Aiglemont ; c'est ainsi qu'il se nommait. Quels yeux ! Quelles dents ! Quel sourire ! Que de charmes dans les moindres mouvemens ! Enfin, combien de ces beaux

tés , toutes spirituelles , que la plume , le pinceau ne peuvent exprimer !

Ce mortel unique apartenait pour-lors à l'Heureuse d'Orville , qui , quoique jeune , belle , à la mode , & faite , à tous égards , pour aimer à but , ne laissait pas de faire des folies pour captiver son volage amant. Celui-ci ne daignait demeurer depuis quelques mois sur son compte que parce qu'elle venait de l'acquitter de plus de dix mille écus , & qu'en attendant des secours , que la famille rebutée du dissipateur tardait à lui faire parvenir , elle prévenait jusqu'à ses moindres fantaisies. Cependant elle ne manquait , ni de délicatesse , ni de pénétration , ni de manège. Elle vit d'un coup d'œil que l'inflammable d'Aiglemont brûlait déja pour mes jeunes apas ; qu'il me plaisait , & que Sylvina , qui lui lançait à tous momens des œillades passion-

nées , méditait également d'en faire
la conquête. Piquée au-vif de tout
cela , Madame d'Orville prit le
parti de se venger sur - l'heure , en
se rabattant sur Monseigneur. Le
chevalier ne faisant aucune attention à sa maîtresse , ni Sylvina à
Monseigneur , d'Orville eut beau
jeu pour agacer le Prélat. Celui-
ci , sur qui la nouveauté avait tout
pouvoir , répondit avec le plus vif
empressement aux avances qu'on
lui faisait , & prit feu d'autant plus
violemment , que , sans se jetter à
sa tête , on se conduisait néanmoins
de - maniere à lui faire espérer d'être
bientôt heureux.

CHAPITRE XIX.

Où l'on voit ce qui n'arriva pas. Songe.

A COMBIEN de grands événemens notre situation peu com-

mune aurait-elle pu donner lieu, si nous avions été les uns ou les autres sujets à ces transports au cerveau, qu'heureusement les gens du monde ne connaissent plus ! Combien de vengeances, de trahisons, de malheurs occasionnés par le choc de tant de passions qui se contrariaient mutuellement ! Une femme trahie, justement irritée contre un ingrat, ne pouvait-elle pas l'accabler des plus sanglans reproches ; se venger par le fer, le poison, & finir peut-être par se poignarder ? Un Prélat offensé par une infidèle que ses bontés n'avaient pu fixer, par un neveu téméraire qui lui manquait d'égards, & par un enfant qui, après certaines particularités, était censée lui apartenir ; ne pouvait-il pas humilier l'une, faire enfermer l'autre, sous prétexte de son inconduite ; & se procurer la dernière par mille moyens, familiers sur-tout aux gens de son état ? Ma tante indignée de la préférence qu'on me donnait, ne pouvait-elle pas me renvoyer; me réduire au cruel pis-aller de recourir dans mon desastre à Monseigneur, qui avait à se plaindre de moi ? D'Aiglemont enfin, me perdant, outré contre son oncle, obsédé par Sylvina, ou cofré, ne se trouvait-il pas dans le cas de commettre les plus insignes extravagances ? Heureusement rien de tout cela n'arriva. Monseigneur, avant de se séparer de sa nouvelle conquête, savait à quoi s'en tenir pour le lendemain. Sylvina, (à qui le chevalier s'était offert pour je ne sais quelle commission), le pria de vouloir bien s'en souvenir, c'est-à-dire, de ne pas négliger l'occasion qu'on lui fournissait de revenir bientôt à la maison. Cette disposition me convenait tout-à-fait; je ne doutai pas qu'à son retour l'aimable chevalier ne trouvât le moment de m'entretenir, ou de me glisser quelque tendre billet. A tout

hasard je me tenais prête à lui
donner des facilités, & à suprimer, autant qu'il dépendrait de
moi, des formalités ennuyeuses.

Je rêvai la nuit, que je voyais
dans un beau jardin, une ruche
parée de fleurs, & autour de laquelle bourdonnait un essaim d'abeilles fort singulières. Elles étaient
faites précisément comme certain
objet dont Monseigneur, pendant
sa harangue, avait régalé mes
yeux, & qu'il avait fait toucher à
mes mains, avant de l'employer à
quelque chose de plus important....
Ces petits animaux, dont j'admirais la bisare structure, devinrent
insensiblement de la grosseur du
modèle, & se présentant tour-à-tour à l'étroite entrée de la ruche,
firent long-temps d'inutiles éforts
pour y pénétrer. Cependant une
abeille, aux aîles violettes, était sur
le point de s'insinuer, quand une
autre, aux aîles bleues & rouges ar-

H 3

gent , profitant du moment où la
première se soulevait tant soit peu,
s'introduit par-dessous , culbuta la
ruche , puis y ayant voltigé quelques instans , l'abandonna tout de
suite à l'essaim empressé , qui s'en
empara.

CHAPITRE XX.

*Où le beau chevalier se montre à son
avantage.*

LE charmant d'Aiglemont fut
d'une exactitude qui surpassa l'espérance de Sylvina & la mienne.
Il parut chez nous le lendemain dès
midi. Sylvina était encore au lit ;
je prenais dans ma chambre une
leçon de clavecin.

DÉJA savante , je touchai une
sonate difficile , qui m'était assez fa-
milière ; mais la présence du cheva-

lier me jetta dans un trouble si
grand ; je perdis à tel point l'attention que la pièce exigeait , que je
m'embrouillai & mis le maître de
fort mauvaise humeur. Il n'eût pas
été fâché de briller par le talent de
son écolière , aux yeux d'un homme
qu'il paraissait connaître pour un
excellent amateur de musique. Le
maître jouait une partie de violon.
— Donnez, Monsieur , lui dit l'aimable Chevalier , je vais acompa-
gner , & vous aiderez à Mademoi-
selle à se remettre. — A - peine il
tint le violon , que cet instrument ,
qui criait un peu sous les doigts
du maître , rendit des sons délicieux.
Soudain ce doux frisson , qu'une
mélodie pure excite dans les or-
ganes sensibles , s'empara des miens ,
& me rapella toute entière à la musique. Nous reprîmes la sonate du
commencement ; jamais je n'avais
aussi bien touché. D'Aiglemont ac-
compagnait avec une justesse , une
expression si analogue au genre ,

une imitation si parfaite, qu'il me
mettait hors de moi. Si je ne l'avais
pas d'avance éperduement aimé,
dans ce moment il m'aurait pénétrée d'amour. Mon jeu faisait sur lui
la même impression : je l'entendais
de temps en temps soupirer ; le dé-
lire de son ame prêtait de nouvelles
beautés à son exécution, de nouvelles graces à sa figure.

SYLVINA avertie de la visite du
chevalier, fut bientôt debout, &
vint nous trouver dans cet aimable
desordre qu'inventa la coquetterie
pour piquer les désirs. Une partie
de ses beaux cheveux blonds, écha-
pée du chignon, flotait sur un cou
d'albâtre : un manteau de lit mal
attaché laissait voir les trois quarts
d'une gorge, qu'à seize ans elle
ne pouvait avoir eu plus belle : ses
bras blancs & potelés étaient sans
gants : une simple jupe, courte &
colante, caressait une croupe...:
des cuisses.... de la plus séduisante

proportion , & laissait briller la
jambe la mieux tournée. Il fallait
être aussi jolie que je l'étais , &
avoir un-peu d'avance , pour pouvoir dans ce moment lui disputer
l'objet de nos communs désirs. D'Aiglemont lui prodigua des éloges
qu'elle méritait : mais tous les repos de ses complimens étaient pour
moi. Des yeux , que je n'ai vus qu'à
lui , me disaient le plus tendre-
ment du monde : « C'est à vous ,
» adorable Félicia , que tous mes
» hommages s'adressent : avec votre
» tante j'exerce mon esprit : mais
» vous seule avez mon cœur ».

SA commission était faite : il en
rendit compte , & l'on ne manqua
pas de lui en donner une nouvelle ,
afin de lui prouver combien l'on était
satisfaite de la première. On lui
prodigua mille louanges délicates
sur son talent pour la musique.
Le maître assurait que nous avions
le bonheur de connaître l'un des

plus habiles amateurs du Royaume.
Il ne nous fallut pas d'autres pré-
textes pour prier notre nouvel ami
de nous donner tous les momens
dont il pourait disposer. Ma tante
ne se lassait point de nous entendre ; nous, de concerter, & de
nous donner, dans la parfaite intelligence de notre exécution, une
image de celle de nos ames qui
brûlaient de se confondre bientôt
aussi heureusement que nos ac-
cords.

D'Aiglemont fut retenu à dîner ; il s'était bien aperçu que
ma tante n'avait pas moins de goût
pour lui que moi-même ; c'est pourquoi, soit coquetterie, soit adresse,
il affecta pendant tout le repas de
lui donner une sorte de préférence.
Je n'aurais su comment prendre la
chose, si de temps en temps quelques regards dérobés ne m'avaient
assurée que tout ce qu'il disait de
flateur à ma rivale n'avait pour

objet que de lui faire prendre le change. Dailleurs, j'avais déja dans ma poche certain billet ; & la possession de cet écrit important me promettait davance , tout ce que je désirais d'y trouver à l'ouverture.

CHAPITRE XXI.

Arrangemens. Obstacles. Allarmes.

NOus quittâmes enfin la table : je courus m'enfermer chez moi. Là , le cœur palpitant , le visage en feu , la main tremblante , je rompis le cachet de la précieuse lettre.... Elle contenait en six lignes tout ce que l'amour peut dicter de plus passionné. Il n'y manquait que ce serment d'une ardeur éternelle , que , pour la première fois de ma vie , j'avais le bonheur de ne pas rencontrer dans un écrit amoureux ;

ce qui mit le comble à la bonne opinion que j'avais de mon amant. Je grifonnai tout de suite ce qui suit : « Que répondrai-je à votre » charmant billet, que mes yeux » ne vous aient déja cent fois ré-» pété ! Oui, chevalier, j'accepte » avec transport le don que vous » me faites, & je ne pourai vous » prouver assez-tôt à mon gré, que » je suis toute à vous ». Cela fut remis, sans que ma tante s'en aperçût ; & presqu'aussi-tôt, pendant un moment qu'elle passa dans un cabinet, le chevalier eut encore le temps de me prier de permettre qu'au-lieu de sortir de la maison, il se glissât dans ma chambre, & dans une armoire qu'il avait remarquée, où je viendrais aussi-tôt après l'enfermer. Je ne pouvais plus lui rien refuser ; j'étais ensorcelée.

CEPENDANT une envie qui prit tout-à-coup à Sylvina d'aller juger une pièce nouvelle, faillit de faire

échouer notre charmant projet :
mais l'ingénieux d'Aiglemont fit
naître un prétexte pour ne point
nous accompagner. Son grand né-
gligé n'était pas une excuse, puisque Sylvina elle-même ne s'habillait
pas, & n'allait qu'en loge-grillée :
mais il suposa tout-de-suite un
rendez-vous indispensable, qui l'o-
bligeait d'aller promptement faire
un peu de toilette. Puis saisissant,
pour s'évader, le moment où la
femme-de-chambre passait une petite robe à Sylvina, il n'eut pas de
peine à s'introduire chez moi, &
dans l'armoire, qui n'était pas absolument incommode. Je le suivis :
cependant je répugnais à l'empri-
sonner ainsi. Je craignais qu'il ne
manquât d'air, & n'étouffât. Mais
il aimait trop, pour entrer dans
mes vues timides ; le désir lui fit
trouver mille expressions propres
à me rassurer. Quelques baisers,
tels que je n'en avais jamais reçu,
ni donné, furent l'heureux prélude

des délices que nous nous ména-
gions pour la nuit.... Je l'enfermai.

Je maudis de bien bon cœur l'é-
ternité du spectacle. J'étais furieuse
de ce que la pièce avait réussi. Il
manquait à mon malheur que nous
trouvassions, au sortir de la loge,
une amie qui nous pressa de venir
souper chez elle, avec des gens
fort du goût de Sylvina. J'aurais
volontiers battu la fâcheuse Archi-
tricline. Nous la suivîmes pourtant.
A minuit, nouveau malheur. Il fut
question de jouer. Ma tante accep-
tait un breland : mais moi, tournant
à-profit une sombre mélancholie,
qu'on m'avait reprochée, & la
mauvaise mine que j'avais faite au
soupé, je me plaignis d'un mal de
tête si violent, que la bonne Sylvina ne joua point, & voulut bien
me ramener.

J'ai soin en entrant de demander
de quoi manger pendant la nuit,

dès que ma migraine viendrait à diminuer. On porte dans ma chambre une volaille, du vin, du fruit; je me fais coéfer de nuit, quatre minutes me débarassent de la femme-de-chambre; je suis seule enfin. Je pousse mes verroux, & vole à l'armoire.... Mais qu'elle est ma douleur! Le Chevalier évanoui! d'une pâleur qui pendant un instant me donne l'horreur de le croire sans vie!.... Mon cœur se comprime; deux torrens coulent de mes yeux. Je presse ce cher amant contre mon sein; je porte sur son visage le feu du mien & mes larmes.... Il revient enfin, reprenant à plusieurs fois une difficile respiration. Ses beaux yeux s'entr'ouvent faiblement.... Il me reconnaît à - peine.... --- Où suis-je, (dit-il d'une voix mourante)!.... C'est vous! (ajoute-t-il avec passion), c'est vous! --- Il me serre à son tour dans ses bras, & me couvre des plus ardens baisers. Nous demeurons un-moment confondus dans une extase ravissante, inexprimable. Le chevalier sort enfin de son tombeau. L'air, un léger repos, & sur-tout les témoignages passionnés de mon amour achèvent de le ranimer. De belles roses reparaissent enfin sur son visage à la place des lys mortels que je venais d'y voir avec tant d'éfroi.

CHAPITRE XXII.

Dont je ne sais comment je me tirerai.

PRENDRAI-JE ici sur moi de faire à mes Lecteurs une friponnerie en-faveur de mon amour - propre ? Su-primerai-je la description d'une nuit, dont Ovide lui-même peindrait difficilement les peines & les plaisirs ? Non, je suis de trop bonne foi pour user de cette super-cherie triviale. Je ne donnerai point à mon éditeur l'embarras de dire qu'ici se trouve une de ces lacunes auxquelles personne ne croit plus. Je vais conter , bien imparfaitement sans-doute , comment fut prise enfin une petite place très-mal défendue depuis un an par les seuls contre-temps , pendant que le tempérament , gouverneur , était d'intelligence avec l'ennemi.

Quoique le moment auquel je touchais , eût été l'objet des plus impatiens désirs , je ne sais quelle sombre inquiétude s'empara tout-à-coup de moi. D'Aiglemont se pressait de me déshabiller. Comme il était habile ! Qu'il m'eût bientôt débarassée de tout ce qui le pouvait gêner ! Quelle grêle de baisers il fit pleuvoir sur tous mes charmes ! Cependant j'étais immobile.... Je n'éprouvais encore ni peine ni plaisir. Les facultés de mon ame semblaient suspendues.... J'existais dans un moment qui n'é-

I 3

tait pas encore, & que je redoutais malgré moi.... Je perdais la
jouissance d'une infinité de grada-
tions, que mon voluptueux amant
savourait avec le dernier transport.... Il m'entraîna doucement,
je me trouvai sur l'autel où Vénus
attendait que je lui fusse immolée....
Dieux ! où puisait-il les éloges
passionnés qu'il prodiguait à la
moindre beauté.... Je sors enfin de
ma fatale apathie. Le chatouille-
ment exquis de tant de baisers,
réveille mes sens engourdis. Je
suis embrasée.... Mon ame cherche
celle qui s'aprête à s'exhaler en
moi. Une tendre fureur.... Mais
quel obstacle s'élève ! Des douleurs
aiguës troublent les plus parfaites
délices ! .... Les désirs s'irritent....
En-vain : notre bonheur ne peut
s'achever.... Un mouvement ma-
chinal portant ma main sur l'instrument de mon martyre, je frémis ;
il me semble que nous avons entrepris une chose impossible.... Un

sang vermeil coule de ma blessure ;
semblable à ces infortunés qu'on
vient d'estropier dans un combat,
j'ai beau suplier mon vainqueur de
m'achever.... trois fois il veut m'o-
béir ; .... trois fois je brave le plus
affreux tourment.... autant de fois
il faut renoncer à la consommation
du sacrifice.

O le plus tendre des amans ! Je
me souviens de tes larmes. Je les
suçais sur tes beaux yeux, où la
tristesse éclipsait , dans ce moment , le feu du désir qui venait
d'y briller : & toi , tu recueillais
mon sang ! Me jurant de conserver
à jamais un trophée de ta plus
chère victoire ; & de quel soulage-
gement , alors inconnu pour moi ,
voulais-tu me faire part ? .... Je
l'aurais agréé pour toute autre blessure : mais celle-ci.... Tu m'apris
par la suite à vaincre un léger scrupule, & je découvris une source
féconde de voluptés....

Cependant nous étions au desespoir. --- « C'en est donc fait ,
» , te dis-je , cela ne sera donc ja-
» mais ! » --- Et je versais des
larmes abondantes.... Mais les douleurs deviennent moins vives : après
quelques momens de repos , je
t'invite moi-même à de nouveaux
éforts. J'avais éprouvé , qu'à tant
de soufrances se mêlaient du-moins
quelques douceurs : leur attrait me
prête le plus ferme courage. ---
Viens , cher amant , (m'écriai-je ,
transportée d'une rage voluptueuse).
Viens...; encore un essai : fais-moi
mourir , s'il le faut : mais soyons
unis.... ---- Alors un mouvement
concerté , dont l'amour régle la
force & la précision , brise les bar-
rières.... Tu parais expirer de plaisir , j'expire de douleur.

Eh ! des faiseurs d'épithalames ,
qui n'ont jamais donné les premières
leçons du plaisir , chanteront avec
enthousiasme les ravissemens d'une

première jouissance ! Une pauvre
fille mariée sans amour , impitoya-
blement labourée par un automate ,
qui s'est fait un point d'honneur
de remplir un cruel devoir , sera
persiflée le lendemain par des parens imbéciles ! Ah ! si tous ces gens
savaient ce que l'on souffre... (tant-
pis du-moins pour le couple entre
qui les choses se passent autrement)
si l'on savait , dis-je.... on ne se
permettrait pas assurément, toutes
ces mauvaises plaisanteries , tous
ces complimens ridicules ! Certes ,
le jour de la mort d'un pucelage ,
on ne peut encore faire à celle qui
l'a perdu , que des complimens de
condoléance.

CHAPITRE XXIII.

Suite du précédent.

AH, cher bourreau, (dis-je au

mourant d'Aiglemont , aussi-tôt que
le relâchement des douleurs me
permit de parler ,) c'est donc à
faire ce mal afreux que tendaient
tous les vœux d'un amant ? Il me
ferma la bouche par un baiser de
flamme , & se maintenant dans le
poste dont la conquête venait de
lui coûter des travaux si pénibles ,
il entreprit de me prouver que dans
ma position le plaisir succédait
bientôt aux soufrances. Je le crus
un instant ; mais cette agréable illusion dura peu. Cependant j'aimais
trop l'heureux Athlète pour le
vouloir priver d'une seconde cou-
ronne qu'il s'empressait de mériter.
J'endurai jusqu'au bout ses cruelles
prouesses.... La douceur de lui
donner du plaisir , me dédomageait
bien faiblement de n'en point avoir
& de beaucoup soufrir. Bientôt des
éforts redoublés , des soupirs brû-
lans , des morsures passionnées ,
m'annoncerent que le chevalier tou-
chait de · rechef au moment du su-

prême bonheur.... Un torrent de
feu coula.... me consuma.... Mais
j'entrevis à-peine l'éclair du plaisir.... Mon suplice finit enfin,
avec la vigueur de celui qui venait
de l'occasionner. Le pauvre chevalier n'était plus à craindre, il paraissait anéanti : alors, m'entrela-
cant avec plus de confiance autour
de lui, & le pressant contre mon
sein, je recueillis avec délices jusqu'au moindre sanglot de sa voluptueuse agonie. Déja tout ce que j'a-
vais soufert était oublié : je jouis-
sais réellement, sentant que je
possédais celui qui m'était si cher,
& qu'après avoir payé le bisare
tribut auquel la nature a voulu
soumettre notre sexe infortuné,
j'allais moissonner à mon aise dans
le vaste champ des voluptés.... Mes
mains parcouraient avec admiration
le corps parfait de mon amant :
je lui rendais bien sincérement
toute celle qu'il m'avait prodiguée...
Il revint bientôt à lui-même : un

entretien fort tendre remplit encore quelques instans. Le sommeil vint ensuite nous livrer à des songes flateurs ; & Morphée prit plaisir à nous assoupir dans l'heureuse attitude où Vénus nous avait laissés.

DEUX fois , cette bonne Déesse daigna , pendant que je dormais , me rendre les biens qu'elle m'avait refusée pendant la sanglante cérémonie de ma consécration. Le chevalier dont le repos avait peu duré, s'était occupé de me ménager ces doux instans par de légères titillations propres à m'émouvoir , sans pourtant interrompre mon sommeil. Bientôt encouragé par le succès de ce galant badinage , il tenta de devenir une troisième fois heureux.... Mais à-peine essayait-il, qu'un soupir de douleur annonça mon réveil, je me dérobai , le grondant & l'accusant *de barbarie !* .... Mais hélas ! j'avais pitié de lui. Je ne pouvais douter de l'excès de ses désirs....

Ses

Ses soupirs me touchaient.... Je
sentais avec pitié son cœur palpiter
violemment sous une de mes mains,
tandis que, dans l'autre, certaine
partie révoltée brûlait & s'agitait.
--- Chere Félicia, (disait-il avec
une tristesse intéressante), ne me
reproche pas d'être *barbare*.... Tu
l'es plus que moi. --- Je tâchais
de l'appaiser par de tendres caresses ; ma main, qui d'abord ne
pensait qu'à prévenir des entreprises
dont je m'éfrayais, s'aperçut bientôt qu'elle devenait une espèce de
remède.... Elle se prêta doucement
à certain mouvement de ce qui la
remplissait.... & fit ainsi, de plein
gré d'elle-même, ce dont on eût
été trop délicat pour la prier. Je
venais ainsi de faire une nouvelle
découverte. --- Pardon, mon cher
tout, me dit avec une tendre confusion, le Chevalier plus calme &
s'empressant de purifier cette main
bien-faisante ; pardon, tu viens de
me sauver la vie. Je ne pus m'em-

I. Part.   K

pêcher de rire de l'importance que
je voyais attacher à un service qui
m'avait si peu coûté. Je m'en pré-
valus néanmoins pour faire mes
conditions , & j'obtins que de toute
la nuit il ne serait plus question
de rien : nous dormîmes. Quand je
m'éveillai je ne trouvai plus à mes
côtés mon cher d'Aiglemont , vers
qui mon premier mouvement avait
cependant été d'étendre les bras ,
disposée pour lors à le défier. Quel
éfet du désir ! Quelle inconsé-
quence ! J'eus de l'humeur de voir
mon espérance trompée , & d'être
ainsi la dupe de mes conventions ,
sans lesquelles sans-doute le plus
caressant des hommes ne m'eût
point quittée , avant de m'avoir
offert quelque nouvelle preuve de
sa passion. J'eus recours à mon
ancienne ressource ; je fatiguai mes
désirs & me rendormis.

CHAPITRE XXIV.

Qui aprend aux gens à bonne fortune à ne rien oublier dans les maisons où ils couchent.

ON me laissa reposer jusqu'à l'arrivée d'un maître qui venait à dix heures. Je vis sans inquiétude que pendant mon sommeil on avait mis un peu d'ordre dans mon appartement, enlevé les restes de notre colation, & serré les hardes que j'avais laissé éparses sur le parquet. Je pris deux leçons de suite sous les yeux de Sylvina, dont je n'observais pas assez la physionomie pour y découvrir des nuages. Nous dînâmes encore tête-à-tête, sans qu'elle me laissât rien soupçonner de ce qu'elle me préparait. Mais aussi-tôt qu'on eut desservi, sa colère éclata. Je lui

K 2

vis un visage , ... des regards....
— Petite malheureuse (me dit-
elle , s'emparant d'un de mes bras ,
& le secouant avec fureur) , venez ,
dites-moi ce que vous avez fait cette
nuit. — Un coup de foudre n'aurait pas été plus terrible pour moi.
Je pâlis.... je faillis à me trouver
mal. « — Parlez sans détour : je
» veux être instruite ; avouez sur-
» le-champ votre équipée , sinon je
» vais vous envoyer de ce pas dans
» un lieu où vous aurez tout le
» temps de pleurer votre détestable
» libertinage». Je n'hésitai pas après
cette menace , qui peignit à l'instant à mon imagination des malheurs pires que la mort. J'embras-
sai les genoux de Sylvina , & les
baignai de mes larmes. — Hélas !
ma chere tante , (dis-je pénétrée
de douleur , & pouvant à - peine
articuler) , si vous savez de quelle
faute je puis être coupable , épar-
gnez - moi la honte de vous l'avouer.
— Ce n'est pas de votre faute qu'il

s'agit , éfrontée ; elle n'est que
trop évidente à mes yeux : c'est le
nom de votre indigne complice qu'il
faut que vous confessiez sur l'heure.
A qui apartient cette montre que
j'ai trouvée ce matin acrochée au
dossier d'un lit écroulé , & tout
souillé de votre infamie ? .... Serait-ce par hasard ce petit gredin
de Belval que je soupçonnais dès
long - temps , & qui enfin.... — M.
Belval , ma tante ! (Malgré mon
humiliation , je dis cela d'un ton
piqué qui voulait presque dire :
M. Belval n'est pas fait) .... Et qui
donc ? (Elle bouillait d'impatience
& de colère , & martyrisait mon
bras). — Eh bien ma tante... — Eh
bien — Monsieur le Chevalier. —
M. d'Aiglemont ! — Oui , ma
tante. — Les indignes ! — En
même - temps je suis repoussée d'un
coup qui me jette presqu'à bas , la
montre est brisée sur le parquet ;
& Sylvina tombe , furieuse , dans
une chaise longue , où , la tête

K 3

inclinée & les poings fermés contre les yeux, elle demeure quelques
minutes sans proférer une parole....

J'ÉTAIS debout dans un coin.
consternée, les yeux noyés de larmes à qui je n'osais donner l'issue,
J'attendais en tremblant ce qui
pourait m'arriver, quand ma tante
sortirait de ses sombres réflexions.
La porte s'ouvrit : on annonça *M. le
Chevalier d'Aiglemont*. Il suivait de
si près qu'à-peine son nom pro-
noncé, je le vis près de nous. S'il
eût fait attention à mes regards,
il y eût lu, sans peine, que sa présence & sur-tout certain air de
parfait contentement n'étaient point
à-propos dans un instant aussi critique ; mais il ne s'occupait que de
l'étrange distraction de ma tante,
qui, sans bouger de son siége, &
n'ayant qu'à-peine tourné la tête
avec une mine foudroyante, avait
repris sa première attitude. A la
fin, pénétré d'étonnement, il jetta

les yeux sur moi ; d'un mouvement
de tête , je conduisis les siens sur
les débris de la montre : il fut au
fait. --- Qu'attendez-vous , Monsieur , (dit alors Sylvina , se tournant brusquement vers lui) ; qu'attendez-vous pour vous retirer d'un
lieu , où tout ce que vous voyez
doit vous aprendre que vous êtes
de trop ? Venez-vous insulter à ma
confiance abusée ? Vous réjouir du
spectacle de mon chagrin ? Voyez
la prudente compagne de vos plaisirs ! Ne vous a-t-elle pas de grandes obligations ! Ne l'avez-vous
pas rendue fort heureuse ! --- D'Aiglemont était trop homme du monde
pour répondre à cette sortie par
rien de mal-honnête , il se con-
naissait d'ailleurs deux torts également difficiles à réparer : l'un
d'avoir trahi nos amours par son
étourderie ; l'autre, plus grand encore , d'avoir irrité, peut-être pour
jamais , une femme dont il sentait
bien que le ressentiment ne por-

tait pas en entier sur ce qui m'était
relatif. Il la laissa donc s'exhaler
en reproches , & joua tout au mieux
l'humilié , le contrit.... Cependant
je m'aperçus qu'il reprenait par
dégrés de l'assurance , voyant que,
tout en grondant , on le contem-
plait avec des yeux.... qui déja
n'exprimaient plus la colère. Il se
surpassait ce jour-là : un habit
riche & d'un goût exquis , une
coéfure merveilleuse , la parure la
plus soignée , prêtaient à sa belle
figure mille grâces nouvelles.... Il
saisit habilement un joint favorable,
se prosterna devant la terrible Sylvina , s'avoua seul coupable ; conta
les particularités de l'armoire ;
mais de-maniere à persuader que ,
s'il ne s'y fût pas trouvé enfermé
au moment qu'il y songeait le
moins , il eût su se procurer pendant notre absence un poste bien
plus propice à ses véritables désirs.
Il ajouta que , sans le besoin que
j'avais eu de quelques hardes de

nuit, il aurait péri dans son ca‑
chot, s'y étant évanoui ; que je lui
avais sauvé la vie ; qu'égaré par la
reconnaissance il avait mésusé de
mon attendrissement pour parvenir
à certain but.... que j'ignorais ab‑
solument, & dont je ne m'étais
doutée, que lorsqu'il n'était plus
temps de me défendre, ou d'ape‑
ler du secours. Il ne tint ainsi qu'à
ma tante de se faire honneur de ce
qui m'était arrivé. Cette justifica‑
tion, la rare beauté de l'orateur,
le désir de se tromper elle-même,
désarmaient insensiblement sa co‑
lère ; elle oubliait de retirer des
mains du coupable une des siennes
qu'il couvrait de baisers ; elle écou‑
tait deux fripons d'yeux, qui lui
disaient avec un grand air de vérité :
« *Pourquoi me voulez-vous tant de*
» *mal quand vous êtes la seule cause*
» *de ma faute ? C'était vous que je mé‑*
» *ditais de surprendre ; & je ne suis*
» *déja que trop malheureux de n'avoir*
» *pas réussi.* »

CHAPITRE XXV.

Où sa Grandeur fait briller un grand esprit de conciliation.

POUR que ma confusion fût complète, il ne manquait plus que Monseigneur : aussi ne tarda-t-il pas d'arriver. On n'avait point fermé la porte après l'entrée du Chevalier ; j'amais on n'annonçait son oncle, qui, leste, marchant toujours sur la pointe d'un petit pied, on ne peut pas moins bruyant, nous surprit de la sorte, & vit, sans y penser malice, Monsieur son neveu aux pieds de Sylvina. Avant d'en être vu lui-même il eut le temps de les considérer, & de me faire un petit signe d'intelligence. J'étais si troublée que je n'avais fait, en le voyant paraître, aucun mouvement de civilité. Ce qui fit que les autres ne le surent là que lorsqu'il prit la peine de leur parler.

— A - merveille , mon neveu , (dit-il sans marquer la moindre humeur) : je vous fais mon compliment, Madame ; vous ferez quelque chose de d'Aiglemont. Le fripon ne s'y prend pas mal , sur mon ame. — Excepté sa Grandeur , qui se donnait carrière , tous les autres étaient médusés. « Mais je n'y comprends rien (ajouta le Prélat, en prenant un fauteuil) , définissez moi donc ce que veulent dire vos trois visages ? Répéte-t-on ici quelque tragédie ! Là , on pleure ! Ici , je vois des nuages ! Et Monsieur mon neveu.... Ma foi , je me donne au diable si je saisis l'esprit de son rôle. Il n'a pas , lui , l'air fort tragique ; cependant je vois en somme qu'aucun de vous n'est content. » Sylvina eut bientôt fait d'éclaircir le mystère ; elle dit tout. Sa Grandeur

semblait ne pas trouver l'histoire
fort plaisante. « Oui , mon cher on-
» cle , disait avec hypocrisie son
» espiègle de neveu , je ne discon-
» viens pas du fait , mais vous la
» voyez , elle est si belle ! A ma
» place vous en eussiez fait autant ».
— Assurément. — Comment, Monseigneur , se cacher dans une maison honnête…. — J'en conviens ,
oui , cela est un peu écolier. —
Voyez l'ingratitude , mon cher oncle ! C'était pour elle , pour elle
seule , la cruelle , que j'avais ris-
qué cette démarche. — Ah ! Madame , voilà un terrible argument
contre votre colère. — Eh ! fi donc ,
M. le Chevalier ; quand un galant
homme est reçu chez une femme ,
& qu'il a pour elle de certains sentimens , n'y a-t-il pas mille moyens ? — *Mille moyens !* Mon neveu , vous avez votre grace.… Mais
quoi ! maintenant , la pauvre Félicia va se trouver seule dans l'embarras. Je vois bien mes enfans que

c'est à moi de vous mettre tous
d'accord. Fermons un - peu cette
porte, & faites - moi la grace de
m'écouter. Venez, belle Lucréce,
(ajouta - t - il, m'apelant avec bon-
té, & me faisant asseoir sur ses
genoux). Il ne faut pas, mes amis,
se desespérer de ce qui est arrivé.
M. d'Aiglemont est un heureux
corsaire, qui dans le fond de son
ame est enchanté de tout ceci. A
bon compte il a volé ce que toutes
les jérémiades possibles ne lui fe-
raient pas restituer. A la bonne
heure. L'heureux étourneau vous
a cueilli, par le qui - pro - quo le
plus adroit, une fleur.... digne
d'être la récompense des soins les
plus suivis, des plus tendres assiduités. (Puis il plia tant soit peu
ses saintes épaules....) Malgré mon
embarras je ne pus m'empêcher de
décocher à sa Grandeur certaine
œillade qui voulait dire : « *Mon-*
» *seigneur, je ne pensais pas que votre*
» *systême fût que les premières faveurs*

I. *Part.*   L

» *doivent être le prix des soins suivis,*
» *des longues assiduités....* » Il continua.

POUR vous , Madame , je vais
en deux mots vous mettre à votre
aise. Vous êtes belle , & vous aimez le plaisir. Vous savez qu'on
ne le chasse pas de bon cœur quand
il se présente ! Vous le savez ? Eh
bien , la petite est pardonnable. La
voilà maintenant initiée ! pourquoi
ne lui serait - il pas permis d'exister
pour elle - même ? Avec ses talens
& sa charmante figure , elle pourait déja se passer de vos secours :
n'a - t - elle pas la clef de tous les
trésors de l'univers ? ce ne serait
pas la punir que de l'éloigner de
vous. D'ailleurs je la prends sous
ma protection. Ainsi, croyez - moi,
pardonnez - lui , faites - en votre
amie ; oubliez qu'il y eut ci-devant
entre vous d'autres raports. Vous
vous aimez. *Vivez* & laissez - la
vivre. Allons , qu'on s'embrasse....

Là…. De bon cœur…. Encore plus
cordialement…. A merveille ! Eh
bien cela ne vaut-il pas mieux que
de s'arracher les yeux, comme on
pensait à le faire quand je suis
arrivé ? Il faut maintenant arranger
mon cher neveu. C'est vous qu'il
aime, Madame : au desespoir de
n'avoir pu s'introduire dans votre
appartement, il a couché avec la
petite. Ce malheur est bien fait
pour vous intéresser ! vous devez
à d'Aiglemont quelque dédomage-
ment : croyez-moi, laissez-vous
attendrir, ayez des bontés pour
lui. Faudra-t-il vous en prier bien
fort ? — Ah mon oncle ! Ah Madame ! (S'écriait le pétulant Chevalier, embrassant tour-à-tour
Monseigneur & Sylvina). — Un
moment, mon neveu, laissez-moi
finir…. Puisque vous en avez fait
avec la petite plus que vous ne vous
le proposiez ? qu'elle n'était d'accord de rien ? qu'après que vous
l'avez *violée* sans nul égard pour

L 2

sa faiblesse & son ignorance, elle doit vous avoir en horreur ; puisque d'ailleurs il lui faut quelqu'un un peu moins fou que vous, pour la gouverner & la protéger contre les retours d'humeur qu'on pourait lui faire essuyer ; trouvez bon , s'il vous plaît, l'un & l'autre , que je la prenne pour moi ? .... Nous allons vivre comme deux couples de tendres tourtereaux. Je ferai de mon mieux, pour que tout le monde soit content , & cet arrangement au surplus durera.... ce qu'il pourra.

CHAPITRE XXVI.

Suite du précédent. Monseigneur est récompensé.

NOus demeurâmes stupéfaits & muets, quand sa Grandeur eut cessé de parler. Sylvina, au comble de l'étonnement, les yeux fixés & la bouche béante, semblait demander si elle avait bien entendu. Le Chevalier consultait tour-à-tour tous les visages pour deviner à quoi le sien devait se déterminer. Ses yeux disaient à Sylvina : *que je vais être heureux !* à son oncle, *vos bontés pour moi vont beaucoup trop loin ;* & à moi, *laissons tout ceci s'arranger, & nous nous retrouverons.* J'arrêtais à mon tour des regards curieux sur la face riante de *Monseigneur.* Mais je ne me retrouvais plus pour lui cette prévention favorable, à qui, l'avant-veille, il avait eu l'obligation de commencer ce que le Chevalier avait achevé. Devenue connaisseuse depuis que je voyais le neveu, l'oncle était déchu ; j'avais l'injustice de ne le trouver plus qu'un homme ordinaire.

Il se fit un assez long silence... Ce fut encore Monseigneur qui le rompit. — Eh bien, dit-il, à

L 3

quoi nous décidons-nous ? Voyons.
--- Mon cher oncle, reprit sur-le-
champ l'habile fourbe, je n'ai point
de mérite à souscrire aveuglément
à vos propositions, j'adore Madame. --- Et malgré le respect qu'il
devait au grave caractère du mé-
diateur, il se permit d'apuyer un
baiser très-militaire sur la bouche
de Sylvina qui, --- *doucement*,
Monsieur. (S'étant cependant laissé
faire), j'espere que Monseigneur
ne prétend pas.... Vous voudrez
bien observer, Madame, que je ne
prétends rien ; je conseille.... ---
Mais, Monseigneur, que pense-
riez-vous ? .... --- Je penserais que
le pendard est charmant ; que sans-
doute il vous aime tout de bon,
comme il l'assure, & que je vous
verrai bientôt folle de lui. --- Mais
enfin, un cavalier du mérite de
M. le Chevalier... n'est pas sans
avoir des arrangemens.... & Madame d'Orville.... --- Oh, pour
celle-là je vous garantis qu'elle

n'aura désormais aucune envie de
vous le disputer. Vous pouvez
m'en croire ; elle a déja pour lui
l'aversion la mieux conditionnée....
— Serait-il possible ! (interrompit
Sylvina, se trahissant par la vivacité de son transport) .... — Bon,
(répliqua le Prélat, avec un sourire malin), allez votre chemin,
M. le Chevalier ; votre affaire va
maintenant tout au mieux : il ne
s'agit plus que d'arranger la mienne :
séparons-nous. — En même-temps
il fit glisser son fauteuil sur le parquet, & tournant le dos à l'autre
couple ; voici ce qu'il me dit à
peu-près.

— « Vous m'avez joué d'un tour,
» friponne ! Je ne suis point la
» dupe de ce *hasard* auquel vous
» imputez votre aventure avec mon
neveu. Vous vous êtes plus réci-
proquement, & vous vous êtes
arrangés : allons, convenez-en.»
(Je ne dis mot). Je ne vous fais

» point de reproches, (continua-
» t-il (; mais avouez que j'ai joué
» de malheur ; & que je me trouve
» un peu lésé dans toute cette af-
» faire ? Or , dites-moi , que
» comptez-vous faire pour me dé-
» dommager » ? (J'étais très-em-
barrassée). J'abrége : malgré ma
répugnance à tromper si-tôt un
amant adoré , je me sentais d'ailleurs si redevable envers Monseigneur , pour m'avoir tiré du pas le
plus critique , que je ne pus me résoudre à le mortifier ; je promis
donc de lui donner , dès qu'il en
ferait naître l'occasion , toutes les
preuves de reconnaissance qui pou-
raient lui faire plaisir.

SENTIMENTEURS délicats ! ri-
goureux casuistes ! pardonnez-moi
cette faiblesse , qui sans doute vous
scandalise ! Je vous pardonne à
mon tour vos pitoyables scrupules ,
dont je me contente de vous plaindre & de me moquer.

Nous nous réunîmes & passâmes ensemble le reste de la soirée. Le soupé fut des plus gais ; on ne but pas mal. M. le Chevalier s'acquita si bien auprès de Sylvina de son nouveau rôle que j'en fus tant soit peu jalouse ; ce qui fit bien pour Monseigneur à qui je me raccoutumai. Il dut être content.

Après soupé , il voulut nous entendre concerter. Nous nous en acquittâmes on ne peut pas mieux , & lui fîmes , à ce qu'il parut , le plus grand plaisir. Cependant il baillait de temps en temps , Sylvina sur - tout paraissait excédée de musique , & parla d'aller reposer. On était chez moi. On m'y laissa avec la femme - de - chambre ; je me mis au lit avec un peu de tristesse & d'humeur.

Au bout d'une heure à - peu - près , n'étant point encore endormie , j'entendis ouvrir doucement ma

porte ; & à la faveur de ma lampe
de nuit je vis que c'était Monseigneur , qui s'étant introduit avec
beaucoup de mystère , refermait &
poussait les verroux. Son apari-
tion ne me fut point agréable. N'é-
tant pas à - beaucoup - près dans des
disposisions voluptueuses ; je n'en-
visageai d'abord que de nouvelles
douleurs à souffrir , & je ne me
sentis pas le courage de m'y résigner
avec sa Grandeur. Je demandai
quartier , mais on me rapela mes
engagemens. Je me rassurai néanmoins tant soit peu , quand je vis
que le Prélat ne se déshabillait
pas , & ne demandait probablement qu'un quart-d'heure de com-
plaisance. Je pris donc mon parti
presque de bonne grace. Sa bouche,
ses jolies mains voyagèrent sans
obstacle. Il eut l'adresse de ne rien
exiger , & peu - à - peu de tout obtenir. Déja de légers préludes m'a-
vaient mise en feu ; mes yeux se
fermèrent ; & loin de continuer à

craindre, je commençai tout de bon
à désirer. Monseigneur cola sa bouche sur la mienne qui riposta sans
façon à ses voluptueuses morsures ;
déja je ne me possédais plus : une
extase de plaisir précéda l'éfort que
je redoutais, je le sentis à-peine
à travers les douceurs dont j'étais
enivrée. Quand je repris connaissance, j'étais tout-à-fait au pouvoir de l'amoureux Prélat ; je fus
agréablement surprise de n'éprouver
qu'une très-légère douleur. Elle
céda bientôt à la sensation la plus
délicieuse, qui, croissant par dégrés, me mit hors de moi. Pour
lors je rendis par l'instinct feul de la
nature, baiser pour baiser, éfort
pour éfort ; & quand nos ravissantes fureurs se ralentirent, quelque heureux qu'eût été Monseigneur, il ne pouvait l'avoir été
plus que moi.

CHAPITRE XXVII.

Réflexions qu'on pourait omettre sans perdre le fil de l'histoire.

ON se fait aisément un systême, quand l'expérience vient de bonne heure à l'apui des principes dont on inclinait à le composer. Me trouvant, dès mon début, à-même de mettre en pratique les sages conseils de Sylvino ; je reconnaissais qu'en éfet, sans la plus grande aptitude à se prêter à tous les événemens qu'occasionne la multiplicité des ressorts qui meuvent la machine sociale, on y froissait continuellement quelqu'un, ou l'on en était soi-même froissé.

MONSEIGNEUR me quitta, en disant que pour la bonne édification de sa maison il ne découchait jamais. A-peine fus-je seule que je tombai dans une rêverie profonde, & je me dis à moi-même : — Où en serais-je maintenant si ma passion pour l'aimable d'Aiglemont, ne me permettait pas d'endurer le suplice de le savoir à l'heure même dans les bras de Sylvina ? Et quel pitoyable rôle n'aurais-je pas joué vis-à-vis de sa Grandeur, si, après lui avoir permis ce qu'il faisait, il y a deux jours, j'avais fait la bégueule, pour avoir vu depuis un beau cavalier dont je suis devenue folle ? Ou bien qu'aurais-je gagné à me défendre avec celui-ci de la plus charmante tentation, parce que j'aurais eu quelques arrangemens déja ébauchés avec son oncle ? Suis-je donc maintenant bien à plaindre ? J'ai satisfait hier un désir immense, en me livrant au plus aimable des hommes : je viens de goûter de vrais plaisirs avec un autre qui n'est pas sans agrémens. La nature a trouvé son compte à

ce partage, que condamnent à la
vérité les préjugés & le code rigou-
reux de la *délicatesse* sentimentale.
Il y a donc nécessairement un vice
dans la rédaction des loix peu naturelles dont ce code ridicule est
composé. Puis, je suivais dans l'a-
venir les deux chaînes d'événemens
qui devaient résulter des deux partis
différens, dont sans doute j'avais
choisi le meilleur. En résistant,
(ce qui était bien éloigné de ma
pensée) je ne voyais qu'obstacles,
haines, jalousies, remords : en
cédant, comme j'avais fait, je
voyais au-contraire la plus riante
perspective : au - lieu de me rendre
odieuse au Chevalier, à Monseigneur, à Sylvina, je les arrangeais tous & m'arrangeais moi-
même. En tout, j'étais très-con-
tente de moi.... Des autres ? .... à-
peu-près ; car je n'étais pas encore
assez philosophe pour surmonter
tout-à-fait certaine inquiétude jalouse.... Je me représentais trop

vivement mon beau Chevalier dans
les bras d'une rivale aimable....
Passe encore si sa Grandeur me fût
demeurée.... Elle m'eût sans doute
aidée à chasser une image qui m'ob-
sédait. Le sommeil eut cependant
pitié de mes peines, & vint y mettre fin.

CHAPITRE XXVIII.

Surprise. Explication. Plaisirs.

JE fus éveillée le plus agréablement du monde. Une voix qui me
fit tressaillir de plaisir me disait sur
la bouche: *Vous dormez, belle Félicia?*
Des mains angéliques pressaient
avec amour deux demi-globes nais-
sans.... En un mot c'était l'aimable
Chevalier qui, sortant de chez ma
tante, venait savoir où il en était
encore avec moi. J'eus beau m'ar-
mer d'un peu d'indiférence; elle ne

tint point contre le charme de ses
caresses ; elles auraient triomphé du
ressentiment le plus réel. J'étais
bien éloignée d'en avoir contre cet
aimable inconstant , qui ne l'était
en-éfet devenu que par une fatale
nécessité.

--- Que venez-vous chercher ici,
(lui dis-je pourtant, ne voulant pas
lui paraître assez résignée à son arrangement avec Sylvine , pour qu'il
se crût dispensé de m'être fort attaché). « Venez - vous me raconter
» vos plaisirs , & vous féliciter d'en
» avoir eu dans l'autre apartement
» de moins pénibles que ceux de la
» nuit dernière ? --- Cher amour ,
» (me répondit-il , touché jusqu'aux
» larmes) , peux-tu m'accabler aussi
» cruellement quand j'ai besoin au-
» contraire que tu daignes me con-
» soler ? A quels plaisirs penses-tu
» que je puisse être sensible , quand ,
» devenu par toi le plus heureux des
» hommes , je vois troubler si-tôt

» ma félicité ! Crois-tu que toute
» autre femme que Sylvina eût pû
» disposer d'un amant que tu venais
» d'agréer, qui ne vit que pour toi,
» qui met tout son bonheur à con-
» server tes précieux sentimens ? O
» ma Félicia, sois plus juste. Ne
» vois dans mon innocente infidélité
» qu'un sacrifice pénible, mais in-
» dispensable, dans la vue d'assurer
» ton repos, & de me ménager dans
» cette maison, un accès, qu'au-
» trement je ne pouvais manquer de
» perdre ». --- Ensuite il me conta
qu'aussi-tôt que son oncle s'était
retiré, Sylvina lui avait fait, sans
façon, l'aveu de la passion la plus
vive ; qu'en conséquence, il n'y
avait pas eu moyen d'éviter de
passer la nuit avec elle. Qu'à la vérité, par la fraîcheur de ses at-
traits, & l'agrément de ses caresses, elle mériterait un retour
sincère de la part de quiconque n'aurait pas de l'amour pour Félicia ;
mais que, sans les ressources infi-

M 3

nies de son heureux âge , & l'essor
de sa voluptueuse imagination si
fraîchement frapée des délices de ma
jouissance , il aurait couru de grands
risques avec une femme qui s'attendait à des prodiges. Que cependant
il avait eu le bonheur de tenir un
milieu dificile entre la honte de mal
faire & le danger de faire trop bien.
Qu'en un mot , il s'était beaucoup
ménagé , tant pour pouvoir prendre
sa revanche avec moi , que pour ne
pas accoutumer une femme qui paraissait très-exigeante , à une certaine tenue de complaisances qu'il
ne se sentait en état d'avoir que
pour moi seule. Tout cela était fort
honnête & sans-doute vrai ; d'a-
vance , mon amour avait justifié
mon aimable infidèle. Je fus transportée de voir que je lui étais toujours aussi chère. Je répondis à ses
tendres caresses avec une vivacité
qui dissipa toutes ses alarmes. Je me
hâtai de lui faire place à mes côtés ,
& bientôt , épuisant dans mes bras

ce dont il avait frustré sa nouvelle conquête , il me fit passer par tous les dégrés imaginables du plaisir. Nous nous séparâmes accablés d'une fatigue délicieuse , après nous être promis mutuellement de mettre à-profit les moindres momens pour nous livrer à de ravissantes folies dont je connaissais désormais tout le prix.

CHAPITRE XXIX.

Galanterie de Monseigneur. Singulière conversation qui laisse les choses au même point.

J'AVAIS cependant un scrupule : d'Aiglemont m'ayant fait de sincères confidences au sujet de Sylvina, eût mérité sans-doute que je lui en fisse au sujet de son oncle, & je n'avais rien dit ! Serait-ce que les femmes qui se piquent de l'être le moins, le sont toujours par quelque endroit, & que la dissimulation est, chez elles un défaut privilégié, qui s'y maintient même après qu'elles ont abjuré les préjugés, & beaucoup d'autres petitesses? Quoi qu'il en soit, le Chevalier s'était retiré sans que je lui eusse fait part de mon avanture avec Monseigneur. J'étais à délibérer si je l'en instruirais, ou non, quand je reçus de la part du Prélat une lettre accompagnée d'un paquet assez lourd. C'était, outre une petite bonbonière d'un goût exquis, une montre magnifique. Il m'avait, disait-il, volé la mienne sur la foi de laquelle il était rentré chez lui deux heures plus tard qu'à l'ordinaire, au grand scandale de ses gens, accoutumés à son invariable régularité. Pressé du remord de sa méchante action, il me faisait restitution, non pas, à la vérité de ma mauvaise montre, mais d'une autre plus exacte, qui

préviendrait tous les contre-temps
qui peuvent résulter d'une horloge
qui va mal, comme de faire rencontrer quelque part ensemble un oncle & un neveu mandés à des heures diférentes ; mais, dont, faute
d'une bonne montre, on aurait su
régler, avec assez de précision, le
départ de l'un & l'arrivée de l'autre. La lettre était d'un bout à l'autre extravagance & persiflage. Monseigneur finissait par m'aprendre
qu'il allait passer une quinzaine à la
Cour. J'étais priée de ne pas cha-
griner pendant ce temps le cher neveu, malgré les sujets de plainte
qu'il nous avait donnés. La montre
était un bijou du plus grand prix.
L'émail n'avait rien d'égal pour
l'esprit & le fini du sujet. L'entou-
rage de brillans , l'ouvroir & le
piston qui étaient deux assez gros dia-
mans , & la chaîne où tenait encore
une très-belle bague , donnaient à
ce présent une valeur qui lui faisait
passer les bornes de la galanterie.

Je fus humiliée de sentir que Monseigneur avait en quelque façon voulu payer ce qu'au contraire j'avais
regardé comme la récompense d'un
service.

Je n'aurais su comment faire part
à Sylvina du procédé de Monseigneur, si d'elle même elle n'eût fait
une démarche qui me mit à mon aise
& dans le cas d'exhiber le cadeau.

---- « Félicia, (me dit-elle),
» tu as donc enfin secoué le joug de
» la subordination, & trompé ma
» vigilance ; elle serait désormais
» inutile. Tu vas vivre à ta guise,
» tâche de n'en pas mésuser. Entre
» nous, je suis fort aise de me trou-
» ver débarassée d'un soin dont la
» seule tendresse que tu m'avais
» inspirée, pouvait me faire un de-
» voir, vu que nous ne sommes point
» liées par le sang. Tu vas donc être
» libre ; mais je présume assez bien
» de ton cœur pour penser que tu

» ne me quiteras pas ? Acoutumée
» à toi , privée de Sylvino , tu me
» ferais un vuide que rien ne pou-
» rait remplir. Si jamais il s'ofre pour
» toi quelque grand avantage , alors
» je saurai me départir des droits que
» me donne mon atachement , mais
» jusques-là , vivons ensemble ; so-
» yons, comme disait Monseigneur ,
» de vraies amies , & mettons de
» côté l'une & l'autre la dépendance
» & l'autorité. Je n'exige de toi
» qu'une amitié sincère & beaucoup
» de confiance. Je vais te donner
» dès-à-présent une preuve de la
» mienne. Je t'avoue que la colère
» que je fis éclater hier contre toi ,
» n'était d'abord que pour la forme ,
» & qu'elle ne devint sérieuse que
» lorsque tu m'apris que c'était pré-
» cisément avec le Chevalier que tu
» t'étais oubliée. Tu sauras que je
» l'aime autant qu'il paraît m'aimer.
» Il t'a eue par un mal - entendu bien
» malheureux pour moi. Je crai-
» gnais que cette partie , si fatale à

» mon amour , n'eût été concertée
» entre vous , & que tu ne m'eusses
» prévenue dans un cœur que je brû-
» lais de m'attacher. Je te demande
» une grace , mon enfant , c'est de
» me laisser mon beau Chevalier ?
» Il m'adore , je n'en puis douter.
» Ce que le hasard lui a fait obtenir
» de toi lui sufira , si tu ne lui té-
» moignes désormais que de l'indi-
» férence , & si tu ne traverses pas
» les éforts que je ferai pour le
» captiver ».

CETTE éfusion de Sylvina ne me
plut guère. Cependant je me tirai
d'afaire avec un peu de fourberie.
J'assurai que je souhaitais fort son
bonheur avec le Chevalier ; que sûrement je n'aurais point d'autres
vues que les siennes , & que je n'a-
vais pas pour lui plus d'amour que
lui-même n'en avait pour moi. Il est
aisé de se persuader ce que l'on dé-
sire. Sylvina interprétant ce que je
disais , à son avantage , me fit des

remercîmens

remerciemens infinis , & me renou-
vela les plus vives protestations d'a-
mitié. Je ne voulus point la désa-
buser , de-peur de la mortifier ; cependant j'avais le plaisir de lui dire
énigmatiquement que j'étais folle du
Chevalier ; mais loin de me com-
prendre , elle croyait de plus en
plus qu'il m'était indiférent. Son
dernier mot fut , que je devais m'a-
tacher à l'oncle qui paraissait songer
sincérement à moi. --- Je connais
à-fond Monseigneur (disait-elle.)
C'est un homme solide , dont l'ame
est aussi belle que sa figure est
intéressante. --- Il est aussi très-
généreux , intérompis-je : voyez
comment son amour s'annonce. Je
montrai son cadeau. Sylvina fut
émerveillée... Eh bien ! ajouta-t-elle,
Monseigneur , est ton fait. Voilà
l'homme qu'il faut aimer & r en
dre heureux.

On annonça Madame d'Orville..
Sylvina pâlit : l'autre se présent

avec l'air du monde le plus sérain
& le plus amical, et dit qu'elle
venait sans façon nous demander
à dîner.

CHAPITRE XXX.

Où ceux qui s'intéressent au beau
Chevalier verront qu'il est beaucoup
parlé de lui.

D'O u vient cette mine sombre,
ma chère Sylvina, dit à celle - ci
Madame d'Orville qu'elle ne re-
cevait pas aussi bien que de coutume ? Quoi donc ! Un joli fre-
luquet doit-il nous brouiller ? Faut-
il que tu me boudes avant de savoir
si je refuse de me désaisir en ta
faveur ? Allons, de la gaieté ; je
t'aporte de bonnes nouvelles. Pre-
mièrement, je te céde, de toute

mon ame, l'honneur d'être ruinée &
trahie à ton tour par l'illustre d'Aiglemont. Secondement, je te rends
aussi ton Monseigneur, qui daignait
jeter fur moi quelques regards d'intérêt, & que j'ai eu peut-être
pendant quelques momens la maligne envie de t'enlever. Mais tu
le méritais : Je vis, hier matin,
cet aimable pasteur, plus fait pour
être tondu par des brebis telles
que nous, que pour gouverner un
imbécille troupeau d'ouailles chré-
tiennes. Il est trop honnête pour
qu'on le trompe ; cependant j'y
serais forcée, vu mon épuisement
actuel ; et je dois lui préférer un
Prince Russe qui vient de me faire
faire les plus séduisantes propositions. Je suis sans le sou ; ce n'est
pas le cas de faire des façons,
& de m'arranger avec quelqu'un,
moitié raison, moitié caprice ;
il me faut des roubles & beaucoup. Un Monseigneur que tu n'as
pas mal pressuré, ne me convenait

N 2

que pour la passade ; & , ne t'en
déplaise , ce n'est plus chose à
faire. Maintenant comment gou-
verne-t-on ici feu mon Chevalier ?
Car vous êtes deux , mes Dames ?
Et la discrète Félicia. .! —— La
discrète Félicia devenait du plus
beau rouge & crévait de dépit.
Cependant d'Orville, qui ne voulait
que s'amuser , plaisanta sans mé-
chanceté fur les *coups de sympathie ;*
sur le *singulier* de certaines rivalités,
et convint , pour nous mettre à
notre aise , que d'Aiglemont moins
fourbe, & sur-tout n'ayant pas le
vilain défaut d'aimer à faire con-
tribuer les femmes , eût été plus
fait que personne pour leur tourner
la tête. Puis elle nous conta, fort
en détail , comment ils s'étaient
connus & adorés ; (Si toutefois
on pouvait se croire *adorée* d'un
homme tel que lui.) Comment,
pour jouir de ce rare mortel il
avait fallu lui rendre la santé &
la liberté dont le mauvais état de

ses afaires le privait également depuis quelque temps. Je suis per-
suadée, ajouta-t-elle, que le Chevalier est homme d'honneur, très-
reconnaissant au fond du cœur des
services qu'on peut lui rendre, &
point assez fat pour imaginer qu'une
femme qu'il ruine, fait beaucoup
plus pour elle-même que pour lui;
peut-être encore a-t-il assez de délicatesse pour se proposer de rendre
un-jour tout ce qu'il a pu coûter:
mais, en attendant, il puise à
pleines mains; & fans considérer
qu'un bienfait en vaut un autre,
il ne tient à rien, il est à la merci
du premier caprice; il enchaîne
à son char autant de folles qu'il
peut s'en présenter; &, mes enfans!
sans cesse il s'en présente. Consommé dans l'art perfide de feindre
les plus vives passions, & secondé
d'une constitution unique, qui
fait qu'il tient coup à des excès
auxquels quatre hommes ordi-
naires ne suffiraient pas, il roule

N 3

dans le monde avec une incroyable rapidité son infatigable tempéramment ; il seme , avec la dernière assurance , des faussetés dont il connaît les éfets sûrs ; & trop enivré de ses succès inouis, il court aveuglément vers des précipices inévitables avec des passions qui ne connaissent ni bornes , ni frein. Je l'avais avant-hier , ma chère Sylvina : tu l'as aujourd'hui : une autre l'aura demain. Heureuse qui le gardera moins long - temps que moi !

Je faisais , en particulier , mon profit de ce panégyrique , & je me disais à moi - même : --- Si M. d'Aiglemont est tel qu'on vient de le dépeindre , il n'est pas malheureux pour moi d'être aussi peu susceptible que je le suis d'un attachement exclusif. Je veux cependant aimer d'Aiglemont tant que je serai contente de lui , sauf à le prévenir un moment avant que j'aie à m'en plaindre.

CHAPITRE XXXI.

Qui fait voir que le Chevalier n'avait pas moins que son oncle l'esprit de conciliation.

NOus comptions sur d'Aigle-mont : mais Madame d'Orville craignit que, s'il venait à la savoir avec nous, il ne voulût pas entrer. Elle pria donc Sylvina de faire dire, quand il paraîtrait, qu'il n'y avait aucune personne étrangère, & qu'il était attendu.

NOTRE héros arriva sur le soir ; sa parure annonçait le plus grand dessein de plaire ; un peu de rouge que la rencontre imprévue de Madame d'Orville lui fit monter au visage acheva de le rendre d'une beauté plus qu'humaine. Le beau fils de Priam se trouva jadis avec trois Déesses rivales, qui le jetèrent dans un étrange embarras. Celui du Chevalier n'était pas moins grand sans-doute. S'il n'eût été question que de disposer d'une pomme, il se fût tiré lestement d'afaire ; il l'eût partagée entre trois femmes, entre dix, & chacune l'eût cru équitable envers elle seule, & simplement poli envers ses concurrentes. Mais il s'agissait de disposer de lui-même : & comment ne pas mécontenter l'une ou l'autre de nous ?

MADAME d'Orville avait raison, le Chevalier était fourbe, fourbissime : nos yeux pénétrans cherchèrent en-vain à démêler à laquelle des trois il donnait une véritable préférence. Il se conduisit tout au mieux avec Madame d'Orville, lorsqu'elle lui déclara qu'elle venait de lui donner un

successeur ; il protesta que c'était
de tout son cœur qu'il la voyait
passer à de nouveaux liens , non
qu'il ne sentît vivement une aussi
grande perte ; mais parce qu'il se
trouvait forcé d'avouer qu'il n'avait
pas assez mérité tout ce qu'on
avait fait pour lui. Puis , il soutint
très - courageusement , auprès de
Sylvina , le rôle d'amant en titre ;
il était aisé de voir que celle - ci
ne doutait en aucune façon de
la sincérité des sentimens qu'on
lui témoignait. Mais ce fut sur-
tout en ma faveur que le démon
mit en usage les dernières ressources
de son grand talent de séduire. Que
de choses ne me disaient pas ses
beaux yeux ! Je les comprenais à
merveille ; mais je n'osais plus me
fier à leur éloquence. Cependant
je l'aimais toujours avec passion.
Je fus transportée de trouver dans
un petit billet , adroitement glissé ,
qu'il sortait de chez un peintre ;
& que son portrait , que je lui

avais demandé , serait parfaitement ressemblant ; j'avais douté que cela fût possible. Il me disait enfin, qu'il mourait d'amour & d'impatience de m'entretenir tête-à-tête. Pouvait - il en avoir autant que moi ! Je ne comptais plus sur son cœur depuis qu'on m'avait apris qu'il ne se piquait pas d'en avoir un pour aimer. Je brûlais pour le plus bel objet de l'univers ; & sans m'occuper de l'avenir, je ne songeais plus qu'à jouir du présent, & à rendre le moins désavantageuses que je pourais les prétentions de Sylvina , avec qui j'enrageais néanmoins de partager; mais je me consolais en espérant que les propos de d'Orville , le peu d'ardeur du Chevalier , & le retour de Monseigneur , qui convenait à Sylvina beaucoup mieux qu'à moi, la guériraient bientôt, & me vaudraient de garder le Chevalier, qui me convenait beaucoup mieux qu'à elle.

CHAPITRE XXXII.

Suite du précédent. Départ pour la Province.

COMMENT purent donc s'arranger des intérêts de cœur aussi embrouillés ? A qui restait-il enfin, ce boute-feu dangereux, ce précieux objet de tant d'amoureux désirs ? Il continua d'apartenir à toutes trois, ou n'apartint à aucune ; cela revient au même. Il força Madame d'Orville à lui croire encore pour elle beaucoup d'inclination, parce qu'il la suplia de ne point lui interdire sa maison & d'agréer l'hommage d'une amitié qui ne finirait qu'avec sa vie. J'ai su depuis que le fripon, qui ne voulait pas qu'il fût dit qu'on l'avait congédié, avait encore obtenu

des faveurs , malgré le traité qu'on
venait de signer avec le Prince
Russe. D'un autre côté , Sylvina ,
qui ne put faire agréer à son
nouvel amant aucun don de conséquence , ne fut plus aussi
sûre d'être aimée. Mais à bon
compte elle ne renonça point à
d'Aiglemont , qui ne demanda pas
mieux , afin de se conserver dans
la maison un accès , qu'à moins
de certaines complaisances , il aurait infailliblement perdu : Sylvina
était d'ailleurs bonne à ménager
à-cause de l'oncle à qui l'on avait
précisément dans ce temps-là de
fortes raisons pour bien faire sa
cour. Quant à moi , je me rendais
justice ; & connaissant mes avantages , je me tenais pour dit que
je l'emportais sur mes rivales.
J'étais en-éfet la favorite ; &
j'aurais été très-exigeante , si je
n'avais pas trouvé qu'on me le
prouvait assez. Tel qu'un autre
Antée , d'Aiglemont trouvait tou-

jours pour moi des forces nouvelles.
Sylvina avait, la nuit en beaucoup de temps, peu de chose ;
& moi, le jour, beaucoup en
peu dè momens imprévus, dérobés,
saisis ; ce qui ajoutait encore à
notre bonheur.

Ainsi s'écoulèrent quelques
semaines que Monseigneur fut
obligé de passer à la Cour. Il
écrivait souvent. Un jour enfin,
il me manda que sur sa proposi-
tion, l'on me donnait chez lui
la place de premiere chanteuse
du concert avec d'assez bons apoin-
temens ; qu'il me conseillait de
ne pas négliger une occasion agréable de changer pour quelque temps
de séjour ; que d'ailleurs nous lui
serions dans son exil, de la ressource la plus nécessaire. Il nous
priait aussi d'engager l'ami Lambert à nous accompagner, tant pour
être chargé là-bas de quelques em-
bellissemens qu'on se proposait

I Part.   O

de faire à la Cathédrale , & au Palais épiscopal , que pour donner plus de considération à la maison que nous tiendrions en province. Enfin , il emmenait , pour nous obliger , le charmant neveu. C'était ce que celui-ci avait extrêmement à cœur , non seulement parce qu'il m'aimait autant qu'il était en son pouvoir d'aimer ; mais encore parce qu'il espérait de rentrer en grace avec sa famille , lorsqu'elle le verrait hors de Paris , & sous les yeux de son oncle , homme de plaisir à la vérité , mais décent , & près de qui l'é- tourdi ne pouvait manquer de se former.

Ma tante & moi n'avions rien à refuser à Sa Grandeur, ni Lambert à Sylvina , pour qui cet Artiste avait toujours beaucoup d'incli- nation. Nous promîmes donc à Monseigneur , de nous rendre tous ensemble au lieu de sa résidence.

Il partit. Nous le suivîmes peu de jours après : & quoique chacun de nous eût, pour la province, une aversion décidée ; comme nous faisions colonie & que nous partions sous des auspices assez agréables, nous ne laissâmes pas d'entreprendre le voyage avec plaisir, & nous le fîmes si gaiment qu'une assez longue route ne me fit éprouver ni ennui, ni fatigue.

Fin de la première Partie.

O 2

www.ingramcontent.com/pod-product-compliance
Lightning Source LLC
Chambersburg PA
CBHW070900030726
47504CB00005B/1413